日下部《くさかべ》くんには日傘《ひがさ》が似合《にあ》う

神戸遥真【作】 ぽん豆°【絵】

あかね書房

目次

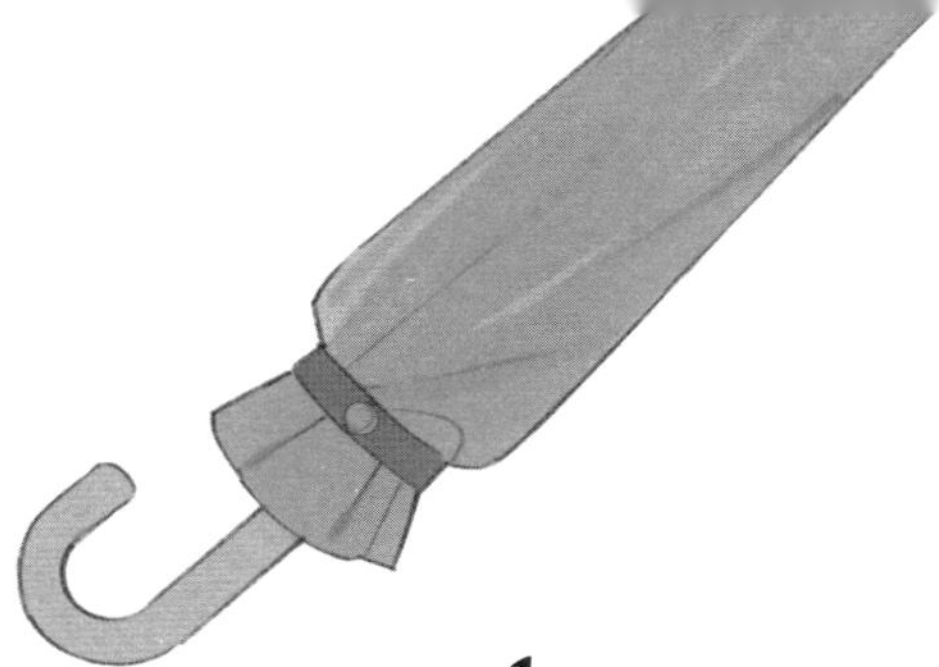

1．一真《かずま》と日傘《ひがさ》 …… 5

2．心花《ここな》と日傘《ひがさ》 …… 33

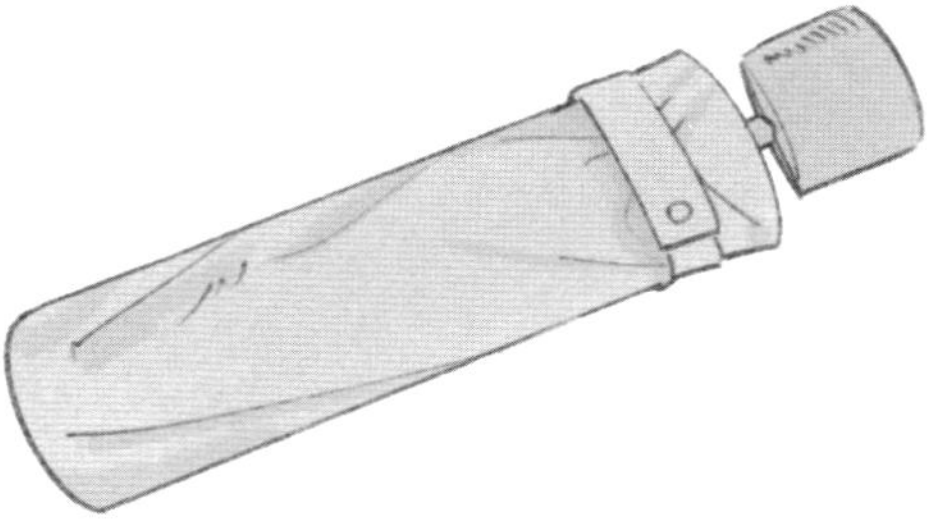

3．秀《しゅう》哉《や》と日《ひ》傘《がさ》……65

4．彩《いろ》葉《は》と日《ひ》傘《がさ》……97

5．奏《かな》太《た》と日《ひ》傘《がさ》……125

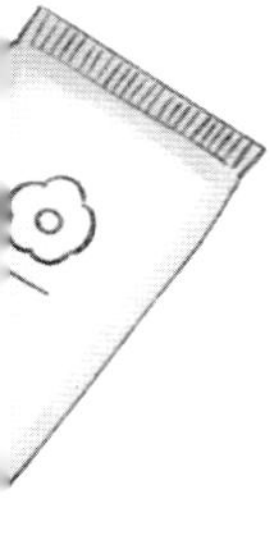

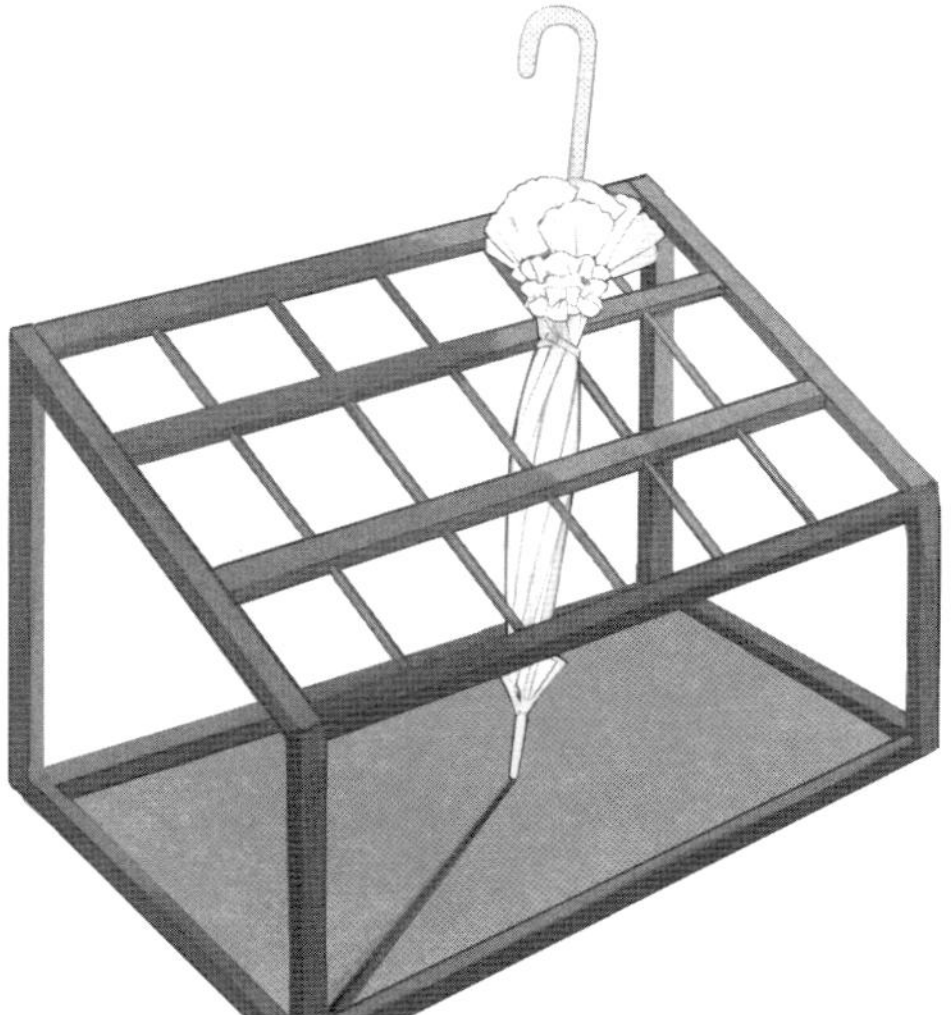

1.

一真《かずま》と日傘《ひがさ》

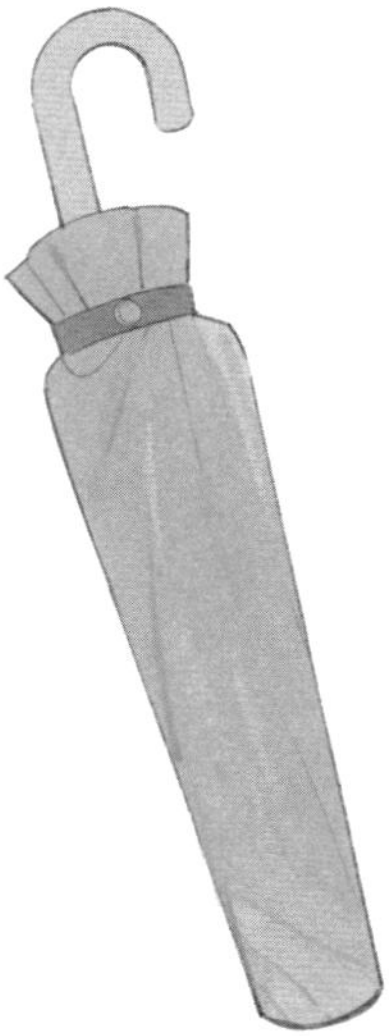

空はすかっと明るく、雲ひとつない、すきとおったブルーだった。五月も中旬《ちゅうじゅん》を過《す》ぎ、気温はぐんぐんあがって夏が近づいてきている。

だというのに、一真《かずま》の手には、青空にはふさわしくない黒いおりたたみ傘《がさ》があった。もう、家を出てからずっとため息がとまらない。

『こんないい天気なんだから、日傘《ひがさ》がなきゃダメでしょ』

お母さんは何かにつけて口うるさいタイプで、『熱中症《ねっちゅうしょう》に気をつけるんだよ』と注意されたことはこれまでもあった。けど、今日みたいに強引に、日《ひ》傘《がさ》をおしつけられたのははじめてだ。

それもこれも、先週、お父さんが仕事中に熱中症《ねっちゅうしょう》で倒《たお》れたから。

お父さんは食品メーカーの営業《えいぎょう》の仕事をしていて、外まわりがどうとかよく話している。そんな外まわりの最中に道ばたで具合が悪くなって、救急車《きゅうきゅうしゃ》で運ばれた。まだ五月なのに、真夏のように日ざしが強い日のことだった。

幸いにも命に別状《べつじょう》はなく、お父さんはその日のうちに病院からもどってきた。けど、その後も身体《からだ》が重たいとかだるいとかで、かれこれ一週間仕事を休んでいる。

お父さんもお母さんも、口をそろえたように『熱中症《ねっちゅうしょう》をなめていた』と言った。そして翌日《よくじつ》、お母さんが一真《かずま》に買ってきたのが晴雨兼用《せいうけんよう》、つまり晴れの日も雨の日も使える、黒い傘《かさ》なのだった。

一真《かずま》は、おりたたまれて短い棒《ぼう》になっている、黒い日傘《ひがさ》を両手の上でころがす。

雨の日に傘《かさ》を使うのは、いい。ふつうのことだ。

でも、日傘《ひがさ》ってさぁ……。

少し前に学校からも、日ざしが強い日には、ぼうしや日傘《ひがさ》で対策《たいさく》するようにお知らせが来ていた。けど、ぼうしはともかく、日傘《ひがさ》を使っている児童《じどう》はほとんどいない。たまにいても、もれなく女子だ。そもそも日傘《ひがさ》って、女の人が使うものってイメージだし。

まったくもって自分が使うイメージを持てない日傘《ひがさ》を持てあましながら、一真《かずま》が歩いていたときだった。

道の少し先に、白い日傘《ひがさ》が見えた。

青い空に映《は》えるような、よごれひとつないきれいな白。傘《かさ》のふちにはびっしりとフリルと小さなリボンがついていて、いかにもかわいらしい。なんというか、ドレスの似合《にあ》うお人形さんが持っていそうな雰囲気《ふんいき》だ。

あんな日傘《ひがさ》をさしてくるなんて、堂々《どうどう》としているというか、よっぽどおしゃれ好きな女子なのかなとまず思った。けど、よくよく見ると、その傘《かさ》のかげに見えるのは黒いランドセル、そしてすらりとした足。

横断歩道《おうだんほどう》の手前で、その人物が立ちどまり、横顔が見えた。

同じクラスの日下部《くさかべ》くんだった。

……なんで？

日下部《くさかべ》くんのことを不思議そうに見ているのは、一真《かずま》だけではなかった。けど、日下部《くさかべ》くんはそんな視線《しせん》などこれっぽっちも気にした様子はなく、鼻歌でも歌いだしそうなご機嫌《きげん》な表情《ひょうじょう》をしている。

歩行者信号がふたたび青になる。ちょっと走れば、日下部《くさかべ》くんに追いついて話しかけることもできた。けど、一真《かずま》は何もできないまま、はなれたところから日下部《くさかべ》くんを、その日傘《ひがさ》を見つめつづけた。

日下部《くさかべ》くんのあとをついていくように小学校の正門を抜《ぬ》けると、パーンという管楽器のかん高い音がどこかから聞こえてきた。吹奏楽部《すいそうがくぶ》の部員《ぶいん》が、音楽室で自主練をしているのだろう。

下駄箱《げたばこ》に行くと日下部《くさかべ》くんの姿《すがた》はもうなくて、代わりに同じクラスでサッカー部仲間の朋也《ともや》がいた。

「日下部《くさかべ》くん、見た？」

あいさつもそうそうに聞く。朋也《ともや》が首をかしげたので、一真《かずま》は日下部《くさかべ》くんの日傘《ひがさ》について説明した。

すると、朋也《ともや》はさして表情《ひょうじょう》も変えないで軽くこたえる。

「まぁ、日下部《くさかべ》くんだし」

そう言われてしまうと一真《かずま》のほうも、まぁそうだな、と納得《なっとく》させられてしまう。すごいものを見た、みたいな気持ちはスンとなっておちついた。

朋也《ともや》は上ばきのつま先をとんとんと床《ゆか》につけつつ、下駄箱《げたばこ》の外、お日さまのまぶしいグラウンドのほうに目をやる。

「日傘《ひがさ》って、いいのかな」

いい、というのは、どういう意味の「いい」なんだろう。朋也《ともや》も、日傘《ひがさ》に興味《きょうみ》あるってこと？

日傘《ひがさ》を使ったことがない一真《かずま》は肩《かた》をすくめ、ぬいだスニーカーを下駄箱《げたばこ》につっこんだ。ついでに、黒い日傘《ひがさ》もスニーカーのすき間につっこむ。

クラスメイトの日下部《くさかべ》くんは、みんなとちょっと〝ちがう〟感じだ。みんなより頭ひとつ背《せ》が高く、すらっと手足が長くて髪《かみ》はサラサラストレート、前髪《まえがみ》はふたつわけ。肌《はだ》がとても白く、体育の授業《じゅぎょう》のあとは、ほっぺたがうっすらピンク色にそまる。

いつもなんとなく上品で、一真《かずま》たちがゲラゲラ笑ってふざけあっていても、一歩さがってにこにこ見守っている。なんというか、大人っぽい。でもバカにされていたり見くだされていたりって感じはしなくて、みんなの笑いが去ったあとにひとりでクスクス笑っていたりもする。笑いのツボがナゾ。

その一方で、運動神経《しんけい》はとてもいい。バスケットボール部ではエース。

そんな日下部《くさかべ》くんは、男子にも女子にも、「日下部《くさかべ》くん」と「くん」づけで呼《よ》ばれている。なんとなく、そう呼《よ》ぶのが正解《せいかい》って感じがするから。一真《かずま》も、そんな日下部《くさかべ》くんのことはきらいじゃない。

でも、ちょっと苦手な感じもしている。

それが決定的になったのは、数か月前、五年生のときの冬の、ある日のことだった。

＊＊＊

その日、放課後になって一真《かずま》は一度学校を出たものの、途中《とちゅう》で体操服袋《たいそうふくぶくろ》を忘《わす》れたことに気がつき、とりにもどった。

放課後の学校は部活動でにぎやかで、一真《かずま》の五年一組の教室でも吹奏楽部《すいそうがくぶ》の女子三人がトランペットを練習していた。カチ、カチ、と鳴るメトロノームにあわせて奏《かな》でられた音で、教室の壁《かべ》も廊下《ろうか》の窓《まど》も、ビリビリふるえる。

廊下《ろうか》にいる一真《かずま》の内臓《ないぞう》までビリビリして、教室の入口で足をとめたときだった。

「――入らないの？」

ポンと軽く肩《かた》をたたかれ、自分を見おろしている日下部《くさかべ》くんに気がついた。

いつの間にか、一真《かずま》のすぐうしろに日下部《くさかべ》くんが立っていた。日下部《くさかべ》くんは一真《かずま》よりも八センチくらい背《せ》が高い。体操服《たいそうふく》の上から、バスケットボール部の蛍光《けいこう》オレンジのビブスを着ている。番号は『7』。

「何してんの？」

一真《かずま》が聞くと、日下部《くさかべ》くんは軽い口調でこたえた。

「顧問《こもん》の先生に用があって、職員室《しょくいんしつ》に行ってた」

そして日下部《くさかべ》くんは、一真《かずま》と、教室にいる吹奏楽部《すいそうがくぶ》の女子たちを見くらべるようにし、何かに気づいたような顔になった。

「興味《きょうみ》があるなら、聞いてみたら？」

そのとたん、一真《かずま》の耳の先はかぁっと熱くなった。

「べつに、そんなんじゃ、ねーし」

一真《かずま》は日下部《くさかべ》くんからはなれるように教室に入り、うしろのロッカーから自分の体操服袋《たいそうふくぶくろ》をひっぱりだした。

一方の日下部《くさかべ》くんはというと、遠慮《えんりょ》などいっさいせずに、女子たちに声をかけに行く。

「トランペットって、どんなふうに吹《ふ》くの？」

いつもにこやかでさわやかな日下部《くさかべ》くんは、女子たちにも人気だ。すぐに女子たちに手まねきされ、トランペットをさわらせてもらっている。

「へー、意外と重たい」

「うでつかれないの？」

「ちょっと吹《ふ》いてみてよ」

そんな様子をうしろ目に見つつ、一真《かずま》は教室を出たのだった。

＊＊＊

あれ以来、一真《かずま》は日下部《くさかべ》くんのことがなんとなく苦手だ。

こんな気持ちは、誰《だれ》にも話してないし、ましてや日下部《くさかべ》くん本人は、こういうふうに思われているなんて、考えてもいないだろうけど。

その日の晩《ばん》、お風呂《ふろ》あがりの一真《かずま》のうでを見て、お母さんが声をあげた。

「一真《かずま》、日焼けしてない？　今日の練習の前、日焼けどめ、ぬらなかったの？」

放課後に、サッカー部の練習があった。一真《かずま》は、四年生からずっとサッカー部に所属《しょぞく》している。

「ぬったぬった」

「本当に？」

お母さんがいぶかしがるように一真《かずま》のうでをじろじろと見るので、一真《かずま》は両うでを背中《せなか》のうしろにかくした。うでの表面が少し熱を持っていたけど、こんがり焼けるような日焼けはしていないので、ごまかせると思ったのに。

本当は、日焼けどめをぬってない。

お母さんが通学用のリュックサックに入れたのもおぼえていたけど、練習前にぬれるような雰囲気《ふんいき》じゃなかったからだ。

日焼けどめをぬってる男子なんて、ほかにいなかったし。

体育の授業《じゅぎょう》の前に、女子たちが日焼けどめをぬっているのを見たことがある。そういうお肌《はだ》を気にしてます、みたいなのって、いかにも女子っぽい感じがして、自分は男なのにとかキャラじゃないのにとか、いろいろ考えてしまったのだ。肌《はだ》が弱くて、とか病気で、とか事情《じじょう》があるならべつだけど、一《かず》真《ま》はまったくもって健康だ。なので、結局使わずじまいにおわった。

「一《かず》真《ま》は、すぐにめんどうくさがるから……」

めんどうとかそういうことじゃないんだけどと思っていたら、リビングにお父さんが顔を出した。熱中症《ねっちゅうしょう》になって一時は本当に顔色が悪かったものの、最近はだいぶマシになった。とはいえ、夜に缶《かん》ビールをあける元気はまだないよう。

そんなお父さんは、一《かず》真《ま》とお母さんのやりとりを聞いていたんだろう。

「夏の日ざしは、なめないほうがいいぞ」

アウトドア好きで、毎年夏になるとこんがり小麦色に日焼けしていたお父さんのセリフとは思えない。それだけ熱中症《ねっちゅうしょう》は怖《こわ》いということなんだろうと、一真《かずま》にもわかるけども。

今は玄関《げんかん》においてある、おりたたまれたままの黒い日傘《ひがさ》のことを考え、それから日下部《くさかべ》くんの白い日傘《ひがさ》に思いをはせる。傘《かさ》に負けないくらい、日下部《くさかべ》くんの肌《はだ》も白い。もしかしたら日下部《くさかべ》くんは、美肌《びはだ》というやつを気にしているのかもしれない。

男子なのに、と思う一方で、日下部《くさかべ》くんだしな、という気持ちにやっぱりなった。

☂

つぎの日も、そのまたつぎの日も、一真《かずま》は黒い日傘《ひがさ》を使わず、そして日下《くさか》部《べ》くんは白い日傘《ひがさ》を使って登校した。

日下部《くさかべ》くんがふりふりした日傘《ひがさ》を使っている、というウワサはまたたく間にひろまったけど、みんな「日下部《くさかべ》くんだし」で納得《なっとく》もしていて、からかったりおもしろがったりするような人はほとんどいなかった。

「日下部《くさかべ》くんだし」で、なんでもゆるされる日下部《くさかべ》くんは、なんなんだろう。

一真《かずま》はちょっと気に入らず、かといってそんな一真《かずま》自身も「日下部《くさかべ》くんだし」とつい考えてしまう。そんな自分自身もおもしろくない。

その日の夜、一真《かずま》が歯みがきをおえて寝《ね》ようとすると、リビングでお母さんとお父さんが深刻《しんこく》な顔で話しあっているのに気づいた。

「仕事、もう少し休めないか調整してて……」

お父さんの体調はだいぶよくはなってきたけど、まだ後遺症《こういしょう》でめまいや頭《ず》痛《つう》があるらしい。熱中症《ねっちゅうしょう》ってそんなによくならないものなのかと、ちょっとショックを受け、一真《かずま》はそっと自分の部屋に行った。

これまで、お父さんと真夏に海やプールに行ったことは何度もある。そのときはなんともなかったのに、真夏にはまだ早い五月、それも仕事中に具合が悪くなったなんて、熱中症《ねっちゅうしょう》ってよくわからない。よくわからなくて怖《こわ》くて、でもそれと自分が日傘《ひがさ》や日焼けどめを使うこととはうまくむすびつかない。

気合いとやる気でなんとかする、みたいなのがお父さんの口ぐせだったのに。なんともならないこともあるんじゃないか。


そのつぎの日の朝、お父さんは起きてこなかった。その日だけじゃなく、熱中症《ねっちゅうしょう》で倒《たお》れてからずっと、お父さんは一真《かずま》の登校時間には起きられてない。かつては、家をいっしょに出ることもあったのに。

「いってらっしゃい」と玄関《げんかん》で一真《かずま》を見送るお母さんに、一真《かずま》はつい聞いた。

「お父さん、よくならないの？」

お得意《とくい》の気合いとやる気はどこに行ったんだ、とついイライラしてしまう。

お母さんは少し困《こま》ったような顔になって、「時間がかかるみたい」とこたえる。

「でも、お父さん、体力もあるし。そのうち元気になるよ」

そして、お母さんは「一真《かずま》は日傘《ひがさ》、ちゃんと使いなさいね」と言いそえた。

ここ数日まったく雨がふってなくて、今日も真夏のようなすんだ青空が頭の上にはひろがっている。

一真《かずま》は、今朝も両手でおりたたみ傘《がさ》をころがしながら歩いた。少しして、いつものように道の先に日下部《くさかべ》くんの白い日傘《ひがさ》を見つける。日下部《くさかべ》くんの日傘《がさ》もすっかり見慣《みな》れた景色の一部で、周囲《しゅうい》から不思議そうな目をむけられることも、もうほとんどないようだった。一真《かずま》も、またかと思うだけだ。

けど。

今日は、足が前に出た。

たたんだままの黒い傘《かさ》をにぎって、一歩、二歩、大きく前に足を進めて、そのまま少し駆《か》けて。

「――日下部《くさかべ》くん」

歩行者信号を待っていた日下部《くさかべ》くんに声をかけた。

日下部《くさかべ》くんはこちらに顔をむけて、「おはよう」となんでもない顔であいさつしてくる。日傘《ひがさ》を持つ日下部《くさかべ》くんを正面から見るのははじめてで、その整った顔には日傘《ひがさ》のフリルがびっくりするほど似合《にあ》っていて違和感《いわかん》がなかった。

声をかけたものの、一真《かずま》はすぐに言葉が出てこない。そうしているうちに歩行者信号が青に変わり、ふたりはならんで歩きだした。

「朝に一真《かずま》と会うの、めずらしいよね」

日下部《くさかべ》くんがそんなふうに話しかけてくる。一真《かずま》としては、毎朝日下部《くさかべ》くんの日傘《ひがさ》を見ていたわけだけど、「そうかも」とこたえておいた。

一真《かずま》の小学校では五、六年生はクラスがえがないので、日下部《くさかべ》くんとは去年から同じクラスだ。けど、ふたりで遊びに行くような、そういう親しいあいだがらではなかった。朝も、こんなふうにいっしょに登校したことはない。

日下部《くさかべ》くんは何も気にしていないような表情《ひょうじょう》をしているけど、一真《かずま》のほうは段々《だんだん》と気まずくなってきた。黒い傘《かさ》をにぎった手が、汗《あせ》でじわりとしめっぽい。

一真《かずま》は黒い傘《かさ》を両手でにぎり、心臓《しんぞう》をドキドキさせながら、日下部《くさかべ》くんに聞いてみた。

「日下部《くさかべ》くんは、なんでそんな傘《かさ》、使ってるの？」

男のくせに——なんて言葉をついつづけそうになり、そんな自分にげんなりする。そんな傘《かさ》、という言い方もよくなかったし、失礼だった。でも、一度口から出てしまった言葉はとり消せない。

さすがの日下部《くさかべ》くんも怒《おこ》るだろうかと、少しハラハラした。けど、日下部《くさかべ》くんはきょとんとしたようにまつげの長い目をまたたいて、逆《ぎゃく》に聞きかえしてくる。

「『なんで』って、なんで？　日傘《ひがさ》だから、日よけに使ってるだけだけど」

その言葉に、一真《かずま》の顔の表面はぶわっと熱くなった。

日下部《くさかべ》くんの言うとおり。そんなこと、聞くまでもなかった。

色やデザインがどうあれ、日傘《ひがさ》は日よけに使うものだ。それ以外の何ものでもない。

「学校からも、ぼうしや日傘《ひがさ》を使いましょうってあったし」

日下部《くさかべ》くんは言葉をつづける。

「紫外線対策《しがいせんたいさく》にもなるし、熱中症《ねっちゅうしょう》の予防《よぼう》にもなるよね」

日下部《くさかべ》くんは、以前配られたおたよりの内容《ないよう》を説明するように話しつづける。そう、日下部《くさかべ》くんは相手が誰《だれ》でも親切で、言葉がていねいなのだ。

「日傘《ひがさ》、おれも今年はじめて使ったんだけど、涼《すず》しいし便利だよ」

一真《かずま》は顔を熱くしたまま、かえす言葉を見つけられずにいた。やがて日下《くさか》部《べ》くんも話すことがなくなったようで、ふたりはもくもくと歩いていく。

小学校に近づくにつれ、周囲《しゅうい》に児童《じどう》の姿《すがた》が増《ふ》えてにぎやかになり、だまっていても気づまりな空気はうすまっていった。

そうして、小学校の正面が見えてきたころ。

パーン。

遠くから、青い空をふるわせるような、トランペットの音が聞こえてきた。

——一真《かずま》の小学校では、四年生になると部活動に入れるようになる。サッカー部、バスケットボール部、バドミントン部、ダンス部といった運動部のほか、コンピューター部、書道部、手芸部、そして吹奏楽部《すいそうがくぶ》などの文化部がある。

一真《かずま》と仲のいい朋也《ともや》も、お父さんも、みんな「運動部に入るよな？」って感じだった。事実、一真《かずま》は運動神経《しんけい》が悪くない。日下部《くさかべ》くんにも、バスケでは負けるけど、足の速さでだったら勝てる。自分でも、スポーツをやるのがいいんだろうなって思っていた。

だけど。

全校集会のたびに、体育館で演奏《えんそう》する吹奏楽部《すいそうがくぶ》。その中心で、パーンと高い音をひびかせる金色の楽器が、小学校に入学してから、じつはひそかに、ずっとずっと気になっていた。

トランペット。

三つのピストンがついていて、唇《くちびる》の振動《しんどう》で音を鳴らす金管楽器。

カッコいいなって、心の奥《おく》でこっそりあこがれていた。

あんなふうに、周囲《しゅうい》の空気をふるわせるような大きな音を出せたら、どんなに気持ちいいだろう。

でも、一真《かずま》が入ったのはサッカー部だ。

サッカーもきらいじゃないし、そっちのほうが、自分のキャラにはあってると思った。

仲のいい朋也《ともや》たちも、みんな運動部だった。

お父さんも、「いいと思う」って賛成《さんせい》してくれた。

それに、吹奏楽部《すいそうがくぶ》は女子の部員のほうが多い。運動が得意《とくい》な一真《かずま》が入るような部活じゃないとも思った。お父さんもきっと、吹奏楽部《すいそうがくぶ》だったらいい顔をしなかっただろう。

そんなふうにいろいろ理由をならべて、自分のなかにあった気持ちにフタをした。

気になることがあっても、気づかないフリをして目をそらした。

めんどうなことは考えたくなくて、よけいなことは口にしないでおいた。

――でも、日下部《くさかべ》くんなら。

一真《かずま》のように、ごちゃごちゃ考えたりしないのかもしれない。

やりたいからバスケをやって。

さしたいから日傘《ひがさ》をさす。

それを、周囲《しゅうい》もあれこれ言うことはない。

なんてったって、日下部《くさかべ》くんだから。

一真《かずま》は、ずっと持っていたおりたたみ傘《がさ》のカバーをはずした。そして、黒い日傘《ひがさ》をひらいてみせる。

バサッと音がして、視界《しかい》の半分が黒になった。

「じつは、これも日傘《ひがさ》なんだ」

心臓《しんぞう》がばくばくばくんと鳴る音を聞きながら、日下部《くさかべ》くんの顔を見る。日下《くさか》部《べ》くんの丸い瞳《ひとみ》に、黒い傘《かさ》がうつりこむ。

日下部《くさかべ》くんの日傘《ひがさ》みたいなフリルやリボンのかざりもなんにもない、シンプルな黒い傘《かさ》。

日下部《くさかべ》くんの傘《かさ》とくらべたら、あまりにふつうすぎて、地味すぎて。

自分が何を恥《は》ずかしいと思っていたのか、急にさっぱりわからなくなった。

こんな地味な傘《かさ》ひとつで怖《こわ》い熱中症《ねっちゅうしょう》を予防《よぼう》できるなら、使ったほうがいい。

日下部《くさかべ》くんが言うように、日傘《ひがさ》を使うと日かげになって、少し涼《すず》しくなった、ような気もしてくる。

「へー、おりたたみの日傘《ひがさ》だったんだ。便利そうだね」

日下部《くさかべ》くんに、さも興味《きょうみ》しんしんといった目をむけられて、一真《かずま》の顔はよくわからない感情《かんじょう》でますます熱くなっていく。

日下部《くさかべ》くんなら、黒い日傘《ひがさ》でも似合《にあ》いそうだなと思った。

でもこれは、一真《かずま》の日傘《ひがさ》だ。

白と黒の日傘《ひがさ》がならんでいるのは、目立つだろうか。周囲《しゅうい》の視線《しせん》を集めているような気がして、日傘《ひがさ》をたたみたい気持ちもわきおこってくる。

けど、小学校はもうすぐそば。

ひとまず、下駄箱《げたばこ》までは日傘《ひがさ》を使おう。それから、どんな感じだったか、あとで朋也《ともや》に話そうと一真《かずま》は決めた。

2. 心《ここ》花《な》と日《ひ》傘《がさ》

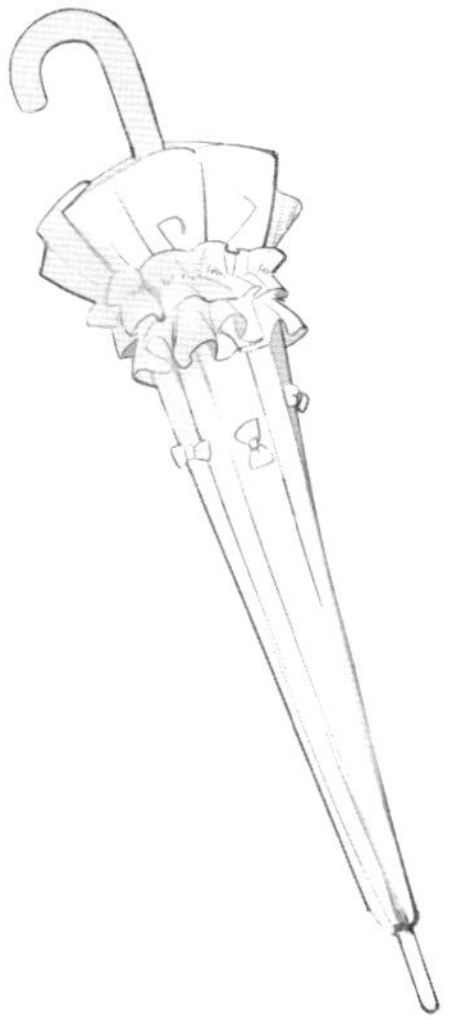

フェルトの人形をチクチクと縫《ぬ》いながら、芽久《めぐ》ちゃんは休むことなく口を動かした。

「麻美《あさみ》って、なんであんなに空気読めないかなぁ」

「いっつも言うこと大げさだよね」

「自慢《じまん》ばっかりだし」

すらすらすらすら麻美《あさみ》ちゃんの悪口が出てくる。週に一度の手芸クラブの活動がはじまってかれこれ二十分、もうずっとだ。

心花《ここな》はそれに、いかにもきちんと耳をかたむけてますよ、というような表《ひょう》情《じょう》を作ることでこたえた。自分も刺繍針《ししゅうばり》を進めながら、ときどきあいづちをうつのも忘《わす》れない。

でも、胸《むね》のうちで考えていたのは、芽久《めぐ》ちゃんにこんなにもきらわれている麻美《あさみ》ちゃんのことじゃなかった。

同じクラスの、日下部《くさかべ》くんのこと。

少し前、五月の下旬《げじゅん》にさしかかった、ある朝だった。

小学校のすぐそばの交差点で歩行者信号を待っていると、曲がり角から、白い日傘《ひがさ》がふいにあらわれた。

ふちにリボンとレースのかざりがある、なんとも優雅《ゆうが》でかわいらしい日傘《ひがさ》。

それが《Pucchi×Peach《プッチ×ピーチ》》、略《りゃく》して《P×P《ピー×ピー》》のものだとすぐに気がついた。

でも、口のなかで小さく声をあげたのは、その日傘《ひがさ》が、心花《ここな》がずっとほしかったものだったから、だけではなかった。

《P×P《ピー×ピー》》の白い日傘《ひがさ》をさしているのが、クラスメイトの男子、日下部《くさかべ》くんだったから。

日下部《くさかべ》くんと《P《ピー》×P《ピー》》！

心花《ここな》の胸《むね》は、たちまちキュンとしてギュッとなった。心臓《しんぞう》が立てるドキドキという音を聞きながら、日下部《くさかべ》くんの横顔をはなれたところから見つめる。

なんて、なんてすてきな組みあわせだろう。

《P《ピー》×P《ピー》》は、女子小中学生に人気のブランド。ペンポーチなどの文具をはじめ、バッグや傘《かさ》、アクセサリーなど、さまざまな商品を展開《てんかい》している。パステルカラーが基調《きちょう》で、フリルやリボンをふんだんに使ったデザインが多く、とってもメルヘンで夢《ゆめ》かわいい。ポーチひとつで、お姫《ひめ》さまになったような気分すら味わえる。

そんな《P《ピー》×P《ピー》》から少し前に出たばかりの新商品が、日傘《ひがさ》だった。

ネットの広告《こうこく》で見た瞬間《しゅんかん》、そのあまりのかわいさに心花《ここな》のハートはズキュンとうちぬかれた。白い日傘《ひがさ》には、フリルとリボンのかざりだけでなく、あわいピンクの花がらの、こまかな刺繍《ししゅう》までほどこされている。かわいいがギュッと凝縮《ぎょうしゅく》された、あんな日傘《ひがさ》を、心花《ここな》も肩《かた》に載《の》せてくるくるとまわしてみたい。心花《ここな》のキャラにこそぴったりだ。

お母さんに「一生のお願い」を三回もし、その日傘《ひがさ》のかわいさを心花《ここな》は全力でうったえた。けど、《P《ピー》×P《ピー》》の日傘《ひがさ》は、お母さんいわく「お高い」お値段《ねだん》だった。

『熱中症《ねっちゅうしょう》も心配だし、日傘《ひがさ》を持つのはいいことだけどね』

そうしてお母さんが買ってくれたのは、同じ白でもノーブランドで機能性《きのうせい》重視《じゅうし》のシンプルな日傘《ひがさ》。けど、心花《ここな》がほしかったのは熱中症予防《ねっちゅうしょうよぼう》のための日傘《ひがさ》ではなく、プリンセス気分を味わえる日傘《ひがさ》だ。泣いて抗議《こうぎ》したけど、お母さんに涙《なみだ》は通用しなかった。

そんなこんなで、あこがれていたものの手がとどかなかった、上品でかわいらしい《P《ピー》×P《ピー》》の日傘《ひがさ》。

それを、日下部《くさかべ》くんが持っている。

いいなぁって、まず思った。

うらやましい。

やっぱり心花《ここな》もほしかった。

でも、ねたましいような気持ちには不思議とならなかった。

なぜなら、日下部《くさかべ》くんに、その白い日傘《ひがさ》がとっても似合《にあ》っていたからだ。

日下部《くさかべ》くんは、クラスの男子のなかでも頭ひとつ背《せ》が高く、シュッとしている。肌《はだ》が白くて長いまつげの生えそろった目はぱっちり、鼻すじも通っていて、ひとことで言えばカッコいい。

おまけに、クラスのほかの男子、一真《かずま》たちみたいに口を大きくあけてガハガハ笑うようなことはぜったいにしない、上品さもかねそなえている。かといって表情《ひょうじょう》にとぼしいというわけではなく、おかしなことがあればひかえめにクスクスと笑う。

いつも明るくて、誰《だれ》とでもすぐにうちとけてしまうような気さくな性格《せいかく》。おまけに、バスケ部では長い手足を存分《ぞんぶん》に使っていつも大活躍《だいかつやく》なのだとか。

　そんな日下部《くさかべ》くんが、かわいくて優雅《ゆうが》な白い日傘《ひがさ》を使っている。

わけがわからないくらいに似合《にあ》っていて、鳴りすぎた心花《ここな》の胸《むね》はあまりに苦しくてもうしんどい。

　どうして心花《ここな》の手には、優雅《ゆうが》さのカケラもな

い日傘《ひがさ》しかないんだろう。

かわいい日傘《ひがさ》をさして、日下部《くさかべ》くんのとなりに自分もならびたい。

考えた末、心花《ここな》は自分にできることをしようと決めた。

機能性重視《きのうせいじゅうし》のシンプルな白い日傘《ひがさ》を、自分の手で、かわいい日傘《ひがさ》に変身させるのだ。

かくしてここ最近、心花《ここな》は日傘《ひがさ》にせっせと花の刺繍《ししゅう》をしている。日傘《ひがさ》の生《き》地《じ》は裏地《うらじ》がついていて分厚《ぶあつ》く、刺繍《ししゅう》むけの生地《きじ》じゃない。おまけに手芸クラブに所属《しょぞく》しているとはいえ、心花《ここな》は刺繍《ししゅう》初心者。すぐに糸がこんがらがって、思うように進まない。それでも日下部《くさかべ》くんの日傘《ひがさ》のことを想《おも》いながら、必死に刺繍針《ししゅうばり》を動かしていく。

いつか、日下部《くさかべ》くんのとなりにならべるように。

日下部《くさかべ》くんにも、かわいい日傘《ひがさ》だって思ってもらえるように――。

「聞いてる？」

芽久《めぐ》ちゃんに顔をのぞきこまれた。

「聞いてるよ」

「ならいいけど。こんなこと話せるの、心花《ここな》だけだよ」

芽久《めぐ》ちゃんは、心花《ここな》の手もとに目をやる。

「傘《かさ》に刺繍《ししゅう》するなんて、大変そう」

「まぁね」

芽久《めぐ》ちゃんはそれ以上は聞いてこず、自分のフェルトの人形に目をもどした。茶色いフェルトの、平べったいクマ。手芸の本の、初心者むけのページに載《の》っているものだ。

「でね、このあいだの金曜にさ、麻美《あさみ》ってば……」

まだまだつづくらしい芽久《めぐ》ちゃんの話に、心花《ここな》はひきつづき、聞いてるよアピールの表情《ひょうじょう》を作りつつ、内心ため息をついた。

今のクラスで、心花《ここな》は芽久《めぐ》ちゃんと麻美《あさみ》ちゃんといつも三人で行動している。いわゆる、仲よしグループってやつだ。

でも、本当のところはまったく仲よしじゃない。

芽久《めぐ》ちゃんと麻美《あさみ》ちゃんは、三人でいるときは仲がいいフリをしてる。でも、心花《ここな》とふたりになると、ふたりとも「ねぇ聞いてよ」と、たまりかねたように相手の悪口を言いだすのだ。

正直なところ、イヤだしめんどうくさい。もちろん、心花《ここな》だってふたりに対して、思うことがなくもない。それこそ、こんなふうにたがいのいないところで悪口を言ってくることに、本当は文句《もんく》のひとつでも言いたい。

でも、心花《ここな》はふたりみたいに悪口は言わない。

というか、言えない。

家でなら思ったことをポンポン言えるけど、学校ではそれをしない。

『こんなこと話せるの、心花《ここな》だけだよ』

間坂心花《まさかここな》は聞き上手で、文句《もんく》なんて言わないキャラだから。

心花《ここな》はみんなより背《せ》が低めで、女子の友だちにも「かわいい」と頭をなでられることがよくあった。背《せ》が高い日下部《くさかべ》くんとは、三十センチ以上も身長差がある。そんな「かわいい」心花《ここな》が、誰《だれ》かの悪口を言ったりするのは、なんだかちがう気がするのだ。

だから、心花《ここな》は芽久《めぐ》ちゃんと麻美《あさみ》ちゃんが交互《こうご》にくりだす悪口を聞いて受けながし、なんでもない顔をする。

みんなが期待する、聞き上手でかわいい間坂心花《まさかここな》でいるために。

五月ももうすぐおわりというその日の学校帰り。交差点のところで芽久《めぐ》ちゃんと麻美《あさみ》ちゃんとわかれた。ひとりになると、急に世界が静かになる。さっきまで、芽久《めぐ》ちゃんと麻美《あさみ》ちゃんは好きなアイドル、レントの話を競《きそ》うようにしていて、心花《ここな》が口をはさむヒマがないくらいだったのだ。

いつもかげで悪口を言いあっているのに、あんなふうにもりあがれるふたりのことが、心花《ここな》はつくづくよくわからない。

ホッとしたようなおちつかないような心地《ここち》でいたら、視界《しかい》の少し先に《P《ピー》×P《ピー》》の日傘《ひがさ》を、日下部《くさかべ》くんを見つけた。今日の放課後は、バスケ部の練習がないんだろうか。たちまち心花《ここな》の気持ちはうわむいて、スキップをふむように大きな一歩で前に進む。

今日も日下部《くさかべ》くんはすらっとしていて、《P《ピー》×P《ピー》》の日傘《ひがさ》がよく似合《にあ》う。

少し距離《きょり》をあけたまま、心花《ここな》は日《くさ》下部《かべ》くんのあとをついていった。揺《ゆ》れる黒いランドセルを見つめてから、心花《ここな》は自分の白い日傘《ひがさ》に目をやる。

少しずつ少しずつ増《ふ》えている刺繍《ししゅう》の花は機能性重視《きのうせいじゅうし》の日傘《ひがさ》にはなんだかちぐはぐで、かわいいを凝縮《ぎょうしゅく》したような感じからはほど遠い。もっと刺《し》繍《しゅう》を増《ふ》やして、それからリボンやフ

リルをつけたら、日下部《くさかべ》くんの日傘《ひがさ》とおそろいに見えないかな。

日下部《くさかべ》くんの家は、心花《ここな》の家から数ブロックはなれたところにあって、帰り道は途中《とちゅう》までいっしょ。あと五分くらいは、日下部《くさかべ》くんを見ていられるだろうか。

心花《ここな》は、昔から男子が苦手だ。小柄《こがら》でおっとりした性格《せいかく》の心花《ここな》は、幼稚園《ようちえん》のときから、大声を出して走りまわっている男子たちがなんとなく苦手だった。けど、それが決定的になったのは、小一のとき。クラスにすぐにものを投げたり机《つくえ》をけとばしたりする乱暴《らんぼう》な男子がいて、たまたま席が近かった心《ここ》花《な》の机《つくえ》もひっくりかえされ、大事にしていたペンケースがへコんでしまったのだ。あれ以来、男子は怖《こわ》いしあんまり近づかないようにしている。

でも、日下部《くさかべ》くんだけは平気。

クラスの誰《だれ》よりも背《せ》が高くて身体《からだ》は大きい。それでも、日下部《くさかべ》くんには、怖《こわ》い感じがなかった。何をするにもスマートで、上品でさわやか。手を洗《あら》ったあとは、いつもちゃんとハンカチで手をふくし、爪《つめ》も短くてきれい。前にクラスの男子が鼻血を出したときには、すかさずティッシュをあげて保健室《ほけんしつ》につきそった。そういうのも、とてもいい。ほかの男子とは、ちょっと〝ちがう〟って感じ。

あるとき、男の人にも「美人」って言葉を使うことがあると、お姉ちゃんが教えてくれた。そうか、日下部《くさかべ》くんは「美人」だったのかとわかって、なんだかすごく納得《なっとく》した。

視界《しかい》の先で、日下部《くさかべ》くんが通りの角を曲がった。

それからも、心花《ここな》は刺繍《ししゅう》にはげんだ。

朝の教室で、授業《じゅぎょう》の合間やお昼休みに、家に帰ってからは夕飯までの時間に、それから寝《ね》る前の時間に。必死に刺繍針《ししゅうばり》を動かして、チクチクチクチク花を縫《ぬ》いつづけた。

《P《ピー》×P《ピー》》の花柄《はながら》と似《に》たようなモチーフを本で探《さが》し、それを傘《かさ》の布《ぬの》に写して刺繍《ししゅう》をしていく。刺繍糸《ししゅういと》はあわいピンク一色。小さな花を、たくさん縫《ぬ》って咲《さ》かせていく。


花が増《ふ》えれば増《ふ》えるほど、地味な日傘《ひがさ》に〝かわいい〟が増《ふ》えていくようでうれしかった。日下部《くさかべ》くんに、少しずつ近づけているような気にもなった。

日下部《くさかべ》くんの白い日傘《ひがさ》は、最初こそクラスで話題になったけど、日下部《くさかべ》くんだし、みたいな感じで今じゃもう誰《だれ》も気にしていない。

けど、心花《ここな》は知っている。

あれは《P《ピー》×P《ピー》》の日傘《ひがさ》、特別な日傘《ひがさ》なのだと。

最近は、日下部《くさかべ》くん以外の男子も日傘《ひがさ》を使っているのをたまに目にするようになった。一真《かずま》も黒い日傘《ひがさ》を使っていて、お父さんが熱中症《ねっちゅうしょう》で倒《たお》れたとかなんとか教室で話していた。日傘《ひがさ》やぼうしを使うことは、学校でも推奨《すいしょう》されている。おかしなことじゃない。

でも、まっ白で、かわいいを凝縮《ぎょうしゅく》したような、あの日傘《ひがさ》を使っているのは日下部《くさかべ》くんだけ。

そんな特別に気がついているのは、きっと心花《ここな》だけ。

だから、心花《ここな》は心に決めている。日傘《ひがさ》がかわいくなったら、日下部《くさかべ》くんと話をしようって。

日下部《くさかべ》くんの日傘《ひがさ》が特別なものだということを、心花《ここな》は知っていると伝えたい。

「芽久《めぐ》はさ、レントのよさがわかってないんだよ」

刺繡《ししゅう》をする心花《ここな》に、今日も麻美《あさみ》ちゃんはぼやいた。

「顔がいい顔がいいって、顔だけかって感じ」

麻美《あさみ》ちゃんと芽久《めぐ》ちゃんは、ふたりともアイドルのレントが大好きで推《お》しだ。いっしょにいるときは、どこがいいあそこがいいってもりあがるけど、そうじゃないときは文句《もんく》でいっぱいになる。推《お》す姿勢《しせい》がちがうとか、そういうことらしい。

「あんなんで、『推《お》し』とか言わないでほしいよね」

心花《ここな》には、会ったこともないアイドルを推《お》す気持ちはよくわからない。それよりも、同じ教室にいる日下部《くさかべ》くんのことを考えているほうがときめく。

「心花《ここな》に話したら、なんかすっきりしちゃった！　――ねぇ、心花《ここな》は推《お》しとかいないの？」

麻美《あさみ》ちゃんの質問《しつもん》に、心花《ここな》は首をかたむけて笑った。

六月になって最初の手芸クラブの活動日になった。

日傘《ひがさ》の刺繍《ししゅう》は気づけばいっぱいになっていて、ちょっとかわいいを盛《も》りすぎたような気もしたけど、心花《ここな》なりに満足した。あとは、レースで白いリボンを作って縫《ぬ》いつける予定だ。

今日はフェルトのクマではなくハギレできんちゃくを作っていた芽久《めぐ》ちゃんが、もうすぐクラブの時間がおわるというころ、ふいにこんなことを言ってきた。

「心花《ここな》、今日はいっしょに帰ろうよ」

芽久《めぐ》ちゃんと心花《ここな》の家は近くない。だから、いつもは小学校の近くの交差点でバイバイする。なのにわざわざこんなふうに言ってくるということは、「話を聞いて」ということ。芽久《めぐ》ちゃんはこういうとき、ちょっと遠まわりして心花《ここな》といっしょに帰り、途中《とちゅう》の公園に寄《よ》り道しておしゃべりしていく。

悪口、まだ言いたりないのかな……。

よく飽《あ》きないなと心花《ここな》はある意味感心し、めんどうくさいって気持ちにフタをする。心花《ここな》は求められているキャラらしく、「いいよ」とかえす。

芽久《めぐ》ちゃんがお手洗《てあら》いに寄《よ》ると言うので、心花《ここな》は昇降口《しょうこうぐち》で待っていることにした。芽久《めぐ》ちゃんはお手洗《てあら》いにもついて来てほしそうだったけど、それには気がつかないフリをする。心花《ここな》だって、少しくらいは悪口から逃《のが》れたい。

昇降口《しょうこうぐち》に行くと、片《かた》づけをしているサッカー部の男子たちとすれちがった。運動部の練習もおしまいの時間なのだろう。心花《ここな》の入っている手芸クラブの活動は週一で、参加も自由というゆるい文化部だ。週に何日も練習がある運動部は大変そう。

日下部《くさかべ》くんのいるバスケ部は、今日は練習だったのかな……。

そんなことを考えながら、六年一組の下駄箱《げたばこ》についたときだった。

「間坂《まさか》さんも今帰り？」

ふいに背後《はいご》から声をかけられ、心花《ここな》の心臓《しんぞう》はドッキンとはねた。

そうっとふりかえる。心花《ここな》のすぐうしろに立っているのは、まさかの日下《くさか》部《べ》くん！

近い距離《きょり》でむかいあって立つと、日下部《くさかべ》くんは本当に背《せ》が高かった。首をそらすようにしないと顔が見えない。

「手芸クラブが、あって」

ドキドキする心臓《しんぞう》をおさえながらなんとかこたえると、「おれはバスケ部」と日下部《くさかべ》くんは明るくこたえた。体育のあとみたいな汗《あせ》の匂《にお》いが少しして、それすらさわやかに感じる。日下部《くさかべ》くんが下駄箱《げたばこ》からとりだしたスニーカーは、心花《ここな》のスニーカーの一・五倍くらい大きかった。白にグリーンのラインが入っていて、いかにも男子っぽい感じのするシンプルなデザイン。

でも、心花《ここな》は知っている。

こんな日下部《くさかべ》くんの日傘《ひがさ》が、特別なものだということを。

日下部《くさかべ》くんはランドセルを背負《せお》っていたけど、日傘《ひがさ》は持っていなかった。

思わず「日傘《ひがさ》は？」と聞くと、「あそこ」と日下部《くさかべ》くんは近くの傘立《かさた》てを指さす。《P《ピー》×P《ピー》》の白い日傘《ひがさ》が、無造作《むぞうさ》に壁際《かべぎわ》の傘立《かさた》てにおさまっていた。

「ロッカーとかにしまわないの？」

特別な日傘《ひがさ》なのに。

「そういうものなの？」

そして、日下部《くさかべ》くんは今気づいたように、心花《ここな》の手もとに目をおとした。

心花《ここな》は、機能性重視《きのうせいじゅうし》だけど、今は刺繡《ししゅう》でいっぱいになっている白い日傘《ひがさ》を手にしていた。

これを日下部《くさかべ》くんに見せるチャンスなのでは、と思いながらも、顔の表面が熱くなって、そっと背中《せなか》のうしろにかくす。見せるには、まだ早い。

まだ早い、けど。

せっかくふたりで話せているのだ。質問《しつもん》くらい、してもいいいんじゃないだろうか。

「く、日下部《くさかべ》くんって、あの」

そして、心花《ここな》は傘立《かさた》ての日傘《ひがさ》を指さす。

「《P《ピー》×P《ピー》》、好きなんだよね？」

ドキドキだった心臓《しんぞう》の音は、いつの間にかバクバクに変わっていた。

とうとう、日下部《くさかべ》くんに《P《ピー》×P《ピー》》のことを聞いてしまった。

心花《ここな》は日下部《くさかべ》くんのことをわかっているのだと、とうとう伝えてしまった！

手足がふるえそうになる。日下部《くさかべ》くんはまつげの長いまぶたをパチパチとしていて、不思議そうな顔でこちらを見ている。ふいにおちた沈黙《ちんもく》。どこから聞こえてくる誰《だれ》かの笑い声、足音、ボールの音……。

「ピーピー？」

日下部《くさかべ》くんは丸い目をくりっと動かし、そして首をかたむけた。

「って、何？」

バクバクしていた心臓《しんぞう》が、ひゅんっと冷える。

「な、何って、だから、日傘《ひがさ》の……」

そこで、日下部《くさかべ》くんはいかにも「ひらめいた！」みたいな感じでポンと手をたたいた。

「日傘《ひがさ》についてるタグのこと？」

日下部《くさかべ》くんはすばやくスニーカーをつっかけ、長い足で傘立《かさた》てまで数歩で行って、日傘《ひがさ》を手に心花《ここな》の前にもどってきた。

「これ、なんのことなんだろうって、ずっと思ってたんだよね」

白い日傘《ひがさ》の持ち手には、『P《ピー》×P《ピー》』と刻印《こくいん》された丸いタグがついていた。

《P《ピー》×P《ピー》》のグッズには、必ずついているタグ。

「これって、なんなの？」

それを、日下部《くさかべ》くんは知らなかった。

めまいがするような気がしたけど、心花《ここな》の頭も足もとも、ぐらぐらするようなことはなかった。けど、今は日下部《くさかべ》くんの顔を見られない。

「日下部《くさかべ》くん、《P《プ》u c《ッ》h i《チ》×P《ピ》e a《ー》c h《チ》》、知らないの？」

「何それ。ピーチって桃《もも》？」

やだ、やだ、やだ。もう聞きたくない。

そう思うのに、心花《ここな》は質問《しつもん》してしまう。

「その日傘《ひがさ》のブランドなのに？　その日傘《ひがさ》、好きじゃないの？」

日下部《くさかべ》くんは、迷《まよ》いなく「好きだよ」とこたえた。

「白くてきれいだし。でも、ブランドとかそういうのは、知らなかったな」

日下部《くさかべ》くんは「バイバイ！」と明るく去っていき、心花《ここな》は昇降口《しょうこうぐち》にひとり残された。

そして、手にしていた自分の日傘《ひがさ》に目をおとす。

あらためて見ると、花の刺繍《ししゅう》はヘタクソで、ごてごてしていて、まったくかわいくなかった。

どうしてこんなんで、《P《ピー》×P《ピー》》の日傘《ひがさ》と、日下部《くさかべ》くんとならべると思っていたんだろう。

頭がぐるぐるする。

心花《ここな》は、裏切《うらぎ》られたように感じていた。

ドキドキして熱くなって体中をめぐっていた血が急に行き場を失って、中途半端《ちゅうとはんぱ》にしびれていた身体《からだ》の表面がだるくなる。

日下部《くさかべ》くんの「バイバイ！」に、なんにもかえせなかった。

こんなのって、ない。

……でも。

わかってもいるのだ。

日下部《くさかべ》くんは、悪くない。

日下部《くさかべ》くんは美人だから、優雅《ゆうが》だから、心花《ここな》が大事にしている〝かわいい〟を理解《りかい》してくれているんだって期待した。

そんなの、ただの勝手な妄想《もうそう》でしかなかったのに。

この数週間、ヘタクソな刺繍《ししゅう》をしていた自分がバカみたいだった。機能性《きのうせい》重視《じゅうし》の日傘《ひがさ》をいくらかざりつけたって、《P《ピー》×P《ピー》》の日傘《ひがさ》にはならないのに。《P《ピー》×P《ピー》》の丸いタグのない、ニセモノでしかない。

同じものになんてなれない。

なのに勝手に期待して、日下部《くさかべ》くんにガッカリした。

ふと目をあげると、麻美《あさみ》ちゃんの下駄箱《げたばこ》にまだスニーカーが入っていた。麻美《あさみ》ちゃんは、園芸クラブに入っている。花壇《かだん》の世話がおわって、今は教室にでもいるんだろうか。

「お待たせー」

お手洗《てあら》いに行っていた芽久《めぐ》ちゃんがやってきた。

芽久《めぐ》ちゃんも麻美《あさみ》ちゃんも、話を聞いてくれる心花《ここな》のことが好きだ。

でも、本当の心花《ここな》は？

そんなふうに期待されて、期待されたとおりのキャラを守って。

それで、本当にいいんだろうか。

日下部《くさかべ》くんみたいに、そんな期待をあっさり裏切《うらぎ》ったって、べつによくない？

「……あのさ」

上ばきからスニーカーにはきかえようとしている芽久《めぐ》ちゃんに、心花《ここな》は話しかけた。

「麻美《あさみ》ちゃん、まだ学校にいるみたいなんだ」

心花《ここな》が出した麻美《あさみ》ちゃんの名に、芽久《めぐ》ちゃんは眉《まゆ》を少しピクリとさせる。

「それが何？」

心臓《しんぞう》がまた音を立てはじめる。

自分はこんなことを言うようなキャラだっただろうかと、心花《ここな》は考えた。
けど、そんな〝キャラ〟だって、自分で決めたものじゃない。
日傘《ひがさ》の持ち手をギュッとにぎる。
ホンモノにはなれないニセモノでも、日傘《ひがさ》は日傘《ひがさ》。
「文句《もんく》があるなら、本人に言ったほうがいいよ」
心花《ここな》は昇降口《しょうこうぐち》から駆《か》けだした。そのまま校門まで走ったけど、先に帰って
いった日下部《くさかべ》くんの姿《すがた》はもうない。
刺繍《ししゅう》でごてごてした日傘《ひがさ》をひらいた。リボンをつけるのはやめておこう。

3.

秀哉《しゅうや》と日傘《ひがさ》

ある朝、なんとなくいつもより五分早く家を出た瀬埜秀哉《せのしゅうや》は、通学路の途《と》中《ちゅう》で日下部《くさかべ》くんを見かけた。

日下部《くさかべ》くんは、ふちにフリルとリボンのついた白い日傘《ひがさ》をさしていた。

日下部《くさかべ》くんがかわいい日傘《ひがさ》を使ってるってウワサ、本当だったんだ。

少し前、五月の中旬《ちゅうじゅん》ごろだろうか。日下部《くさかべ》くんの日傘《ひがさ》のことが、クラスでちょっとしたウワサになった。ウワサっていっても、すぐに〝まぁ日下部《くさかべ》くんだし〟みたいな空気にはなって、バカにしたりするような人はいなかったんだけど。

どうしたら、あんなふうにいられるのか、秀哉《しゅうや》にはつねづね不思議でならない。

あんなふう、というのはつまり、周囲《しゅうい》の目を気にしないような感じということ。

たとえば、男子とバスケ部の話をしていたと思ったら、つぎの瞬間《しゅんかん》には女子たちとヘアケアの話をしていたりする。日下部《くさかべ》くんには、男子だから女子だから、みたいな垣根《かきね》がない。興味《きょうみ》があれば、相手が誰《だれ》でもどんな話題にでも入っていく。そういう自由で軽やかな感じがいつだってある。みんなの常識《じょうしき》とか、ルールみたいなものをぽーんと飛びこえ、だからかわいい日傘《ひがさ》を持っていたって、「まぁ」という感じになる。

そういう日下部《くさかべ》くんが、秀哉《しゅうや》はちょっとうらやましい。多分、あの日傘《ひがさ》を使っているのが秀哉《しゅうや》だったら、こうはいかない。

小二のときに学級委員長になって以来、秀哉《しゅうや》は学校で「委員長」と呼《よ》ばれている。学期が変わって学級委員長じゃなくなっても、小六になった今でも、あだ名は「委員長」のままだ。

誰《だれ》かに説明を求めたわけじゃないけど、メガネ、地味、まじめ、の三拍子《さんびょうし》がそろっているからだろうなと、秀哉《しゅうや》は冷静に分析《ぶんせき》している。ちなみに学級委員は小三以降《いこう》も何度か経験《けいけん》し、五年生になってからはずっと児童会役員をやっている。

「委員長」というあだ名自体は、べつにイヤじゃなかった。いかにもまじめな感じがするし、まじめであることは悪いことじゃない。

なので秀哉《しゅうや》は、それなら自分は〝まじめ〟でいこうと決めた。

おかげで、委員長と呼《よ》ばれるたびに、ちょっと背《せ》すじがのびる。

「ちゃんとしなきゃ」って気持ちになる。

そんなまじめでちゃんとした委員長なので、学校のルールはぜったいだった。

思い出すのは約一年前、去年の五月のこと。

その日の朝、秀哉《しゅうや》は、奏太《かなた》が学校への持ちこみが禁止《きんし》されているお菓子《かし》を持ってきているのを注意した。

『ルールなんだから、お菓子《かし》を持ってきちゃダメだよ』

それは、観光地のゆるキャラらしい、丸っとかわいらしいネコのキャラクターがプリントされた四角いクッキーだった。ゴールデンウィークの家族旅行のおみやげだというそれを、となりのクラスの奏太《かなた》がわざわざ秀哉《しゅうや》のクラスにまで持ってきてくれたのだ。奏太《かなた》は同じ町内に住んでいて、秀哉《しゅうや》とは幼《よう》稚園《ちえん》のころからの友だち。大人しくてひかえめだけど、やさしくて気づかいのできる性格《せいかく》だ。

奏太《かなた》は秀哉《しゅうや》にさしだしたクッキーをひっこめ、いかにも気まずいのをごまかすような笑《え》みをうかべて、『ごめん』とあやまった。

『委員長には、こういうの、ダメだったよね……』

朝の教室には、先生はいなかったけど、数人のクラスメイトがいた。周囲《しゅうい》の視線《しせん》を感じ、秀哉《しゅうや》の耳の先はちょっと熱くなった。

おみやげのクッキーくらい、もらっちゃえばよかったのかもしれない。

でも、秀哉《しゅうや》はまじめな委員長だった。

みんなの前で、ルールをやぶるようなことはできない委員長だった。

あれ以来、みんなからいっそう「おカタいヤツ」だと思われるようになった気がしている。おカタくてまじめな委員長。

日下部《くさかべ》くんの白い日傘《ひがさ》を見ながら、秀哉《しゅうや》はそんな出来事を思い出し、そして考える。

もしあのとき、奏太《かなた》からおみやげをもらったのが日下部《くさかべ》くんだったら。

軽い感じで、「ありがとう」って、もらっただろうか。

その日の放課後には、六月の一回目の児童会会議があった。

高学年になると参加できる児童会では、学校のイベントを運営《うんえい》したり、トラブルなどがあれば意見を出しあって解決策《かいけつさく》をみんなで考えたりという活動をしている。今年度も、一年生をむかえる会の運営《うんえい》をしたり、あいさつ運動をしたりした。まじめな委員長である秀哉《しゅうや》には、ぴったりの委員会だ。

そんな児童会の今日の議題は、熱中症対策《ねっちゅうしょうたいさく》。

少し前に、学校からもぼうしや日傘《ひがさ》で熱中症対策《ねっちゅうしょうたいさく》をするようにお知らせがあった。最近では、日下部《くさかべ》くん以外にも、日傘《ひがさ》をさして登校する児童《じどう》も増《ふ》えてきた。けど、その数はまだ多くない。先週には、三年生の女の子が登校途《と》中《ちゅう》に具合が悪くなってしまうという出来事もあった。

六月になって梅雨入《つゆい》りし、雨ふりの日も増《ふ》えた。とはいえ、晴れの日の日ざしは、肌《はだ》がちりちりと焼かれるような強さになっている。湿度《しつど》も高くて空気はじめじめ、蒸《む》し暑い。秀哉《しゅうや》も日ざしが強い日はぼうしをかぶって登校し、水分補給《ほきゅう》を心がけている。

話しあいの結果、熱中症対策《ねっちゅうしょうたいさく》についてまとめた校内新聞とポスターを作ることになった。秀哉《しゅうや》は調べものが好きだったので新聞作りを希望したが、希望者が多くてじゃんけん合戦となり、ポスター作りの担当《たんとう》となった。

「絵はあんまり得意《とくい》じゃないのに……」

じゃんけんでグーを出した自分がうらめしい。すると、児童会顧問《こもん》の大森《おおもり》先生がフォローするように言った。なお、大森《おおもり》先生はとなりのクラス、六年二組の担任《たんにん》で、三十代半ばの女性《じょせい》の先生だ。

「大事なのは、『熱中症《ねっちゅうしょう》に気をつけよう！』って言葉のほうだから。絵は人目をひくためのアクセントみたいなものだし、瀬埜《せの》くんなりに描《か》けば大丈夫《だいじょうぶ》だよ」

先生の言いたいことはわかる。とはいえ、秀哉《しゅうや》としては、委員長としては、中途半端《ちゅうとはんぱ》なものは作りたくない。

児童会会議がおわったあと、秀哉《しゅうや》は考えた。

「――え、おれの日傘《ひがさ》？」

児童会会議の翌日《よくじつ》の放課後。バスケ部の練習日ではないことを事前に確認《かくにん》したうえで、秀哉《しゅうや》は日下部《くさかべ》くんに声をかけた。

「いそがしいところ、急にごめん」

秀哉《しゅうや》はいかにも委員長らしく、ていねいにあやまってから事情《じじょう》を説明した。

児童会で、熱中症《ねっちゅうしょう》の注意喚起《かんき》をあらためてすることになったこと。

秀哉《しゅうや》がポスターを作る係になったこと。

「絵の参考にしたいから、日下部《くさかべ》くんの日傘《ひがさ》を見せてほしいんだ」

画用紙のまんなかに大きく日傘《ひがさ》を描《か》き、『熱中症《ねっちゅうしょう》に注意！』という文字を入れたポスターを作るつもりでいる。けど、資料《しりょう》もなしに日傘《ひがさ》は描《か》けそうになく、それならと思いついたのが日下部《くさかべ》くんの日傘《ひがさ》だった。

「参考にするのは、かまわないけど。なんで、あの日傘《ひがさ》？　日傘《ひがさ》なら、間坂《まさか》さんとか、ほかにも使ってる人いるし」

「それは、」

秀哉《しゅうや》は言葉につまった。うまい言葉がとっさに出てこない。

たしかに日傘《ひがさ》というだけなら、家にある秀哉《しゅうや》の母親のものでもよかった。

でも、母親の日傘《ひがさ》はふつうのおりたたみ傘《がさ》と区別がつかないような、シンプルなもの。

描《か》きたいのは、そういうのじゃなかった。

ポスターの絵は、人目をひくためのもの。それならやっぱり、目立つ形で、ひと目で日傘《ひがさ》だとわかるもののほうがいい。

「日下部《くさかべ》くんの日傘《ひがさ》が、すごく日傘《ひがさ》っぽかったから」

悩《なや》んだくせに、結局上手に説明できなかった。

けど、日下部《くさかべ》くんは、その丸い目を大きく見ひらく。

「それ、わかる！　あの日傘《ひがさ》、すごく日傘《ひがさ》っぽいよね！」

そして、なんだかうれしそうに笑った。よかった。

そんなわけで、日下部《くさかべ》くんが昇降口《しょうこうぐち》から日傘《ひがさ》をとってきてくれ、人のいなくなった六年一組の教室でふたりになった。ふたりきりの教室は、よく知った場所なのに、なんだかいつもと空気がちがう。

日下部《くさかべ》くんは教室のまんなかに立つと、パッと日傘《ひがさ》をひらき、軸《じく》の棒《ぼう》を肩《かた》に載《の》せてくるりと優雅《ゆうが》にまわした。黒いランドセルと日傘《ひがさ》の白が対照的で、秀哉《しゅうや》はボードゲームのオセロを思い出す。

「どう？」

秀哉《しゅうや》は日下部《くさかべ》くんに近づき、背中側《せなか》、日傘《ひがさ》のほうにまわった。近くで見ると、ふちのフリルはこまかなレース生地《きじ》でできていて、リボンにもひとつひとつに小さなパールがついている。遠くから見たときはわからなかったけど、傘《かさ》の部分の白い生地《きじ》には、生地《きじ》と同じ色味の糸で花の刺繍《ししゅう》もされていた。

かわいいだけでなく、すごく凝《こ》っていて、おしゃれな傘《かさ》なのだとはじめてわかった。

この傘《かさ》、高そう。

日下部《くさかべ》くんは、親に頼《たの》んで買ってもらったんだろうか。

秀哉《しゅうや》は学校のタブレットのカメラを起動し、日下部《くさかべ》くんの日傘《ひがさ》をいろんな角度から写真におさめた。

カシャ、カシャ、カシャ、とシャッター音が鳴るたびに、日下部《くさかべ》くんは立ち方を変えたり傘《かさ》を持つ手を変えたりしてポーズを決める。日傘《ひがさ》の写真が撮《と》りたかっただけなのに、日下部《くさかべ》くんの撮影会《さつえいかい》みたいになってきた。

三十枚《まい》くらい日傘《ひがさ》と日下部《くさかべ》くんの写真を撮《と》ってから、今度は日傘《ひがさ》単体でも撮《と》らせてもらう。机《つくえ》を四つくっつけて台にし、中央にひらいた日傘《ひがさ》をおいた。

日傘《ひがさ》の持ち手には、「P《ピー》×P《ピー》」と刻印《こくいん》された丸いタグがついている。

「『P《ピー》×P《ピー》』って何？」

質問《しつもん》すると、秀哉《しゅうや》のうしろに立っていた日下部《くさかべ》くんは、首を少しななめにした。

「なんか、ブランド名みたい。このあいだも聞かれたんだけど、おれ、あんまりくわしくなくて」

ブランドものの日傘《ひがさ》なんだ。「ブランド」って、いかにも高級品って感じがする。やっぱり、高い傘《かさ》なのかもしれない。

「瀬埜《せの》くんは、日傘《ひがさ》は持ってないの？」

日下部《くさかべ》くんの質問《しつもん》に、「持ってない」とこたえた。

「登校するときに、ぼうしはかぶってるけど。あ、でも、日傘《ひがさ》のことは調べたよ」

「調べた？」

秀哉《しゅうや》はタブレットを近くの机《つくえ》においた。撮影《さつえい》した写真は、もう五十枚《まい》以上になっている。カメラアプリを一度閉《と》じ、メモアプリをひらく。

「せっかくだから、ネットとか図書室で調べたんだ。相手のことをよく知らないと、ちゃんと描《か》けないと思って」

「相手って、日傘《ひがさ》?」

「そう」

日下部《くさかべ》くんが、タブレットの画面をのぞきこむ。

「傘《かさ》が使われはじめたのは、約四千年前だって言われてるんだ」

「大昔だね」

「しかも、先に生まれたのは、雨傘《あまがさ》じゃなくて日傘《ひがさ》のほう。儀式《ぎしき》のときとかに、王さまとかえらい人にさしかけられてたんだって。権威《けんい》の象徴《しょうちょう》だったらしい」

「『けんいのしょうちょう』って?」

日下部《くさかべ》くんの質問《しつもん》に、秀哉《しゅうや》は少し考えてこたえた。

「えらい人の証《あかし》、みたいな感じ?」

家に帰ったら、「権威《けんい》の象徴《しょうちょう》」を辞書でちゃんと調べようと、秀哉《しゅうや》は頭の片《かた》すみにメモする。

「そんなふうに使われていた傘《かさ》は、やがて一般《いっぱん》の人にもひろまっていったんだ。おしゃれな日傘《ひがさ》はぜいたく品《ひん》、雨よけのこうもり傘《がさ》は実用品。日下部《くさかべ》くんの日傘《ひがさ》は、十九世紀《せいき》のパリのおしゃれなパラソルに似《に》たデザインだと思う」

「へえー！　すごい！」

日下部《くさかべ》くんがこれでもかと感心してくれるので、秀哉《しゅうや》は気分をよくし、さらにあれこれ話していった。

傘《かさ》の骨《ほね》には、昔はくじらの骨《ほね》が使われていたこと。

傘《かさ》が日本に入ってきたときも、最初は日傘《ひがさ》として使われていたこと。

一般《いっぱん》の人にひろまった雨傘《あまがさ》が、貧弱《ひんじゃく》や倹約《けんやく》の象徴《しょうちょう》で、品位がないと思われていた時代もあったこと。

「なんで貧弱《ひんじゃく》で倹約《けんやく》なの？」

「貧弱《ひんじゃく》は、雨に濡《ぬ》れても平気な健康な身体《からだ》じゃないってこと。倹約《けんやく》は、雨に濡《ぬ》れて服がダメになることを気にするのはケチってこと」

「雨に濡《ぬ》れて風邪《かぜ》とかひきたくないし、服もダメにしたくないけどね」

「ぼくもそう思う」

日下部《くさかべ》くんが自分のランドセルからタブレットを出し、秀哉《しゅうや》が話したことをメモしようとした。なので、秀哉《しゅうや》は自分のメモのデータを日下部《くさかべ》くんと共有し、見られるようにしてあげる。

「ありがと。さすが瀬埜《せの》くんって感じ」

そんなふうに礼を言われて、ふと気がつく。

日下部《くさかべ》くんは、秀哉《しゅうや》のことを、委員長と呼《よ》んでない。

同じクラスとはいえ、そこまで親しくないからだろうか。けど、さして仲のよくないクラスの女子ですら、秀哉《しゅうや》のことを委員長と呼《よ》ぶ。であれば、委員長というあだ名に、仲のよさは関係ないように思えた。

まぁでも、日下部《くさかべ》くんだからかな。

そう考えたら、ストンと納得《なっとく》できるような感覚になった。深い意味なんてきっとない。秀哉《しゅうや》は日傘《ひがさ》のことに意識《いしき》をもどす。

「今は傘《かさ》っていえば雨傘《あまがさ》なのに、昔は日傘《ひがさ》のほうがよく使われていて、『けんいのしょうちょう』だったなんて、おもしろいね」

そして、日下部《くさかべ》くんは、十九世紀《せいき》のパリのパラソルに似《に》たデザインの日傘《ひがさ》をたたんだ。

日下部《くさかべ》くんがせっかく日傘《ひがさ》を見せてくれ、あんなふうに「さすが」と言ってくれた。

なので、秀哉《しゅうや》はその期待にこたえようとまじめに考えた。

日下部《くさかべ》くんと話した翌日《よくじつ》から、部活に入っていない秀哉《しゅうや》は、放課後の教室でポスター制作《せいさく》にはげんだ。

日傘《ひがさ》は、直線と曲線の組みあわせでできている。丸っとした傘《かさ》の部分と、まっすぐな石突《いしづ》きや軸《じく》の棒《ぼう》。定規《じょうぎ》とコンパスを使ってそれらを画用紙の上で再現《さいげん》しようとがんばってみるも、どうにもうまくいかない。

数日試行錯誤《さくご》したものの状況《じょうきょう》は改善《かいぜん》せず、秀哉《しゅうや》は奏太《かなた》に声をかけることにした。奏太《かなた》は昔から絵が得意《とくい》で、絵画教室に通っていたこともあるのだ。夏のポスターコンクールでは、何度も賞《しょう》をもらっている。

自分のクラスじゃないからか、いかにもおちつかないような雰囲気《ふんいき》で奏太《かなた》は一組の教室に入った。そして、秀哉《しゅうや》が試行錯誤《さくご》している下書きを見て考えこむ。

「こまかいところから、考えすぎなんじゃないかな」

奏太《かなた》は自分の連絡帳《れんらくちょう》をとりだすと、あいているページにエンピツでササッと傘《かさ》のシルエットというか、輪郭《りんかく》を描《か》いた。

それはたしかに、傘《かさ》っぽい形に見える。

けど、いかにもふつうの傘《かさ》っぽいし、なんていうか……。

「傘《かさ》って、すごく線がきれいじゃん？　直線と曲線の組みあわせっていうか。そういうの、ちゃんと描《か》きたくて。あと、描《か》きたいのは、こういう傘《かさ》」

タブレットを操作《そうさ》して、先日撮影《さつえい》した日下部《くさかべ》くんの傘《かさ》を奏太《かなた》に見せる。すると、奏太《かなた》は写真を見るなり、いかにもギョッとしたような表情《ひょうじょう》になった。

「これ……」

変な写真でも表示《ひょうじ》してしまっただろうかと、秀哉《しゅうや》はタブレットの画面をあらためて見た。でも、表示《ひょうじ》されているのは、日下部《くさかべ》くんの白い日傘《ひがさ》。奏太《かなた》の反応《はんのう》を不思議に思いながらも、秀哉《しゅうや》は説明した。

「日下部《くさかべ》くんの日傘《ひがさ》だよ。奏太《かなた》、見たことなかった？　日下部《くさかべ》くんがこういう日傘《ひがさ》使ってるって、うちのクラスだと有名なんだけど」

奏太《かなた》は小さく首を横にふり、その目を足もと、自分の上ばきにおとす。

「それで、この傘《かさ》だと、もっと丸みがある感じだろ？　だから――」

そのとき、奏太《かなた》がガタリと音を立てていすから立った。

「こ、こだわりがあるなら……秀哉《しゅうや》が自分で考えて描《か》いたほうが、いいと思う」

「だから、それがうまくいかなくて――あ、奏太《かなた》！」

奏太《かなた》は手早く荷物をまとめ、パッと教室を出ていってしまう。

何か、気にさわることでもしてしまったんだろうか。

ふいに、おみやげのクッキーをつっぱねてしまったときのことを思い出し、胸《むね》がざわついた。秀哉《しゅうや》はあわてて廊下《ろうか》に出たけど、すでに奏太《かなた》の姿《すがた》はない。

代わりに、そこには思いがけず日下部《くさかべ》くんの姿《すがた》があった。

体操服《たいそうふく》の上に、大きな数字のプリントされた、メッシュ生地《きじ》のオレンジ色のビブスを着ている。数字は『7』、ラッキーセブン。

「瀬埜《せの》くん、何してんの？」

「ポスターの絵、描《か》いてて……」

いなくなった奏太《かなた》のことが気になったけど、日下部《くさかべ》くんが秀哉《しゅうや》のわきを抜《ぬ》けて教室をのぞいた。

「あの画用紙？」

「そう。でも、うまく描《か》けなくて」

日下部《くさかべ》くんの目は、日傘《ひがさ》の写真を表示《ひょうじ》したままの秀哉《しゅうや》のタブレットにむく。せっかく日下部《くさかべ》くんに日傘《ひがさ》を見せてもらったというのに、申しわけない気持ちになってきた。

「あの写真の傘《かさ》みたいに、きれいに描《か》きたいんだけど……」

日下部《くさかべ》くんはタブレットをまじまじと見つめ、そしてポンと手をたたいた。

日下部《くさかべ》くんは秀哉《しゅうや》のタブレットをつかむと、ずんずんと歩いていった。背《せ》が高い日下部《くさかべ》くんは、足が長くて一歩が大きい。追いかける秀哉《しゅうや》は小走りになる。

「どこに行くの？」

「職員室《しょくいんしつ》。もともと用があったし、ちょうどよかったよ」

何がちょうどよかったのかわからないまま、日下部《くさかべ》くんは「失礼しまーす」と大きな声でことわって、職員室《しょくいんしつ》のドアをあけた。そのまままっすぐ奥《おく》に進み、バスケ部顧問《こもん》の男の先生に声をかける。用事というのは、バスケ部のことだったんだろう。と思っていたら、秀哉《しゅうや》のタブレットを見せ、何やら話しだす。

そうして、職員室《しょくいんしつ》の入口で待つこと数分。

日下部《くさかべ》くんは、秀哉《しゅうや》のもとにもどってきた。その手には、秀哉《しゅうや》のタブレットと、紙に拡大《かくだい》印刷されたモノクロの日傘《ひがさ》の写真がある。

「先生に頼《たの》んで印刷してもらった。これを写せば、きれいに描《か》けるんじゃない？」

秀哉《しゅうや》は複雑《ふくざつ》な気持ちになりながら、タブレットと印刷された写真を受けとった。

日下部《くさかべ》くんは、親切で写真を印刷してくれた。

だけど。

「そういうのって、いいのかな」

こういう絵って、自力で描《か》いてこそなんじゃないだろうか。

けど、日下部《くさかべ》くんは目をパチクリとさせる。

「きれいに描《か》きたいんだよね？」

「うん」

「もしかしてそのポスター、コンクールとかに出すの？」

「まさか。校内に貼《は》るだけだよ」

「なら、きれいに描《か》ける方法でよくない？」

日下部《くさかべ》くんの言いたいことはわかる。わかるんだけど。

「……なんか、ズルみたいな気がして」

うーんとうなっている秀哉《しゅうや》に、日下部《くさかべ》くんはすかさず聞いてきた。

「これでズルすると、何か問題があるの？　誰《だれ》かに怒《おこ》られたりする？」
そんな言葉にハッとした。
ポスター作りにおいて、秀哉《しゅうや》がズルをしようが何をしようが、ほかの人には関係ない。
ズルを気にしているのは、イヤだと思っているのは。
秀哉《しゅうや》自身だ。
委員長だから、いつもちゃんとしてて、ルールを守る。
そういう委員長でいなきゃって思ってた。
……でも、本当はちがうのかもしれない。
そういうキャラじゃないとダメだって、誰《だれ》よりも強く思っていたのは。
「じゃあ、おれ、練習もどるね」
バイバイ、と日下部《くさかべ》くんが軽く手をふる。

秀哉《しゅうや》はそれに手をふりかえしつつ、日傘《ひがさ》がプリントされた紙をかかげてヒラヒラさせた。

「これ、ありがとう！」

日下部《くさかべ》くんは白い歯を見せてさわやかに笑うと、左手の親指をぐっと立てて去っていった。

その翌朝《よくあさ》、秀哉《しゅうや》は六年一組の教室に行く前に、となりの二組の教室をのぞいた。

「失礼します」とことわってから二組の教室に入り、すでに登校していた奏太《かなた》の席へとむかう。

「おはよう」

あいさつすると、奏太《かなた》はビクリとして顔をあげた。集中して本を読んでいたらしい。

「おはよう……」

昨日の今日だからか、奏太《かなた》は少し気まずそうな表情《ひょうじょう》をした。奏太《かなた》が日下部《くさかべ》くんの日傘《ひがさ》を見て、どうしてあんな反応《はんのう》をしたのかはわからない。

けど、とりあえず。

秀哉《しゅうや》はトートバッグに入れていた、丸めた画用紙をひろげて見せた。

「下描《したが》き、進んだ」

昨日の夜、自宅《じたく》のリビングのガラステーブルと懐中《かいちゅう》電灯を使って、日傘《ひがさ》の写真を下から透《す》かして画用紙に写した。写すときに定規《じょうぎ》とコンパスも使って、きれいな直線と曲線にもなったと思う。

「すごい、きれいに描《か》けたんだね」

「写真を写したんだ」

やっぱりズルみたいに思われるかな、と少し不安に思ったけど、奏太《かなた》はこれといって表情《ひょうじょう》を変えなかった。

「そっか。きれいに描《か》けてよかったね」

なんとなく、沈黙《ちんもく》がおちる。

秀哉《しゅうや》は画用紙を丸めて輪ゴムでとめなおし、トートバッグにしまうと、今度はべつのものを出した。

それを、奏太《かなた》の机《つくえ》にそっとおく。

「少し前に、家族でじいちゃんちに行ったときのおみやげ」

小袋《こぶくろ》に入った、四角いゼリー菓子《がし》。紫色《むらさきいろ》で、ぶどう味。

家にあった、唯一《ゆいいつ》のおみやげのお菓子《かし》だ。

奏太《かなた》はそれをまじまじと見つめ、それから目をあげた。

「くれるの？」

「うん」

「委員長なのに？」

委員長なんてやめる——とか、言うつもりはない。

まじめな感じはきらいじゃないし。

今さら、つづけてきた〝まじめ〟を捨《す》てたいとも思えない。

そもそも、自分で決めたものでもないあだ名。それを変えてくれ、なんて周囲《しゅうい》に言うのもまたちがう気がする。

だから、まじめな委員長のままでいい。

だけど。

「委員長でも、おみやげをあげるくらい、いいってことにした」

それから、秀哉《しゅうや》は小さく頭をさげる。

「去年、おみやげのクッキー、もらわなくてごめん。本当はクッキー、食べたかった」

奏太《かなた》は目をしばたたき、小さくふいた。

そして、「じゃあ、クッキーまた買ってくる」と笑った。

4・彩《いろ》葉《は》と日《ひ》傘《がさ》

高野原彩葉《たかのはらいろは》には、いわゆる〝幼《おさな》なじみ〟がいる。

となりの家に住んでいる、日下部颯《くさかべはやて》。現在《げんざい》同じ小六で、同じ十月生まれ。母親同士《どうし》の年齢《ねんれい》も近く同じ産婦人科《さんふじんか》に通っていたころから仲がよかったとのことなので、この世に生まれる前からのつきあいだと言っても大げさじゃない。

そんな颯《はやて》は、昔は何かとひっこみ思案《じあん》だった。たくさんの人がいると、おどおどして言葉を飲みこみ、彩葉《いろは》のかげにかくれる。背《せ》も彩葉《いろは》よりずっと低くて、だから彩葉《いろは》はお姉さんになった気分でいつも颯《はやて》をフォローした。

『颯《はやて》はどっちがいいの？』

『ほら、早く行かなきゃ』

『大丈夫《だいじょうぶ》だよ、あたしについてきて』

小さくてかわいらしい颯《はやて》の手をひくのは、いつだって彩葉《いろは》の役目。そんなふうに思っていたのに。

「おはよう、彩葉《いろは》」

五月下旬《げじゅん》のある朝、たまたま家を出た時間が颯《はやて》と重なり、玄関先《げんかんさき》で顔をあわせた。この数年はいっしょに登校することもなくなっていたので、こういうのはひさしぶりだな、なんて考えていると、颯《はやて》がおもむろに日傘《ひがさ》をひらいた。

小さなリボンとフリルのついた、まっ白な日傘《ひがさ》。よく見ると、傘《かさ》の部分にはこまかな刺繡《ししゅう》までほどこされている。

「その傘《かさ》、何？」

恥《は》ずかしがるでもなく、ごくごく自然な様子で日傘《ひがさ》の軸《じく》の棒《ぼう》を肩《かた》に載《の》せている颯《はやて》に、彩葉《いろは》は思わず聞いた。

「何って、日傘《ひがさ》だけど」

颯《はやて》はいかにもきょとんとしたような顔で、大きな目をパチパチとする。さも、彩葉《いろは》が不思議な質問《しつもん》をしたとでも言いたげに。

……あぁ、まただ。

彩葉《いろは》の知らない、〝日下部《くさかべ》くん〟だ。

ひっこみ思案《じあん》で大人しい颯《はやて》が変わったのは、小学四年生になったころのことだった。

あのころ、彩葉《いろは》は颯《はやて》と同じクラスだった。だからこそ、その変化にすぐに気がつき混乱《こんらん》した。

颯《はやて》のいつだって人の目を気にするような、周囲《しゅうい》に気をつかってばかりの雰囲気《ふんいき》が、急になくなったのだ。

以前だったら、休み時間はいつも友だちにあわせてた。友だちがサッカーをするならだまってついていき、教室でゲームをするならそれにまざる。なのに、流されるままじゃなくなった。みんなにまざりたいときはまざるけど、そうでないときは「今日は本を読みたいから」ときっぱりことわるようになった。

最初は、少しは自己主張《じこしゅちょう》できるようになったんだ、と感心した。けど、颯《はやて》の変化はそれだけじゃなかった。

人見知りだったのに、男子でも女子でも、はたまた先生でも、べつのクラスの児童《じどう》でも、遠慮《えんりょ》なく自分から話しかけるようになった。明るくてフレンドリー、それがみんなが抱《いだ》く颯《はやて》のイメージに変わっていった。

またあるときは、赤と黄色が印象的《いんしょうてき》な、不思議な民族風の柄《がら》のポーチをペンポーチとして使いはじめた。前はみんなにおかしく思われないようにと、持ちものにもすごく気をつかって、ぶなんなものばかり選んでいたのに。自分が気にいってるんだから、それでよくない？　みたいな空気すら感じられるようになった。そういう堂々《どうどう》とした態度《たいど》はかえって「おしゃれ」「いい趣味《しゅみ》」「ステキ」とあこがれを集めた。

　こんな颯《はやて》の変化を、みんなは〝日下部《くさかべ》くんだし〟で受けいれていった。颯《はやて》の整った顔立ちも、それにはひと役買ったんじゃないかと彩葉《いろは》は思う。ちょっとくらい周囲《しゅうい》とちがっても、〝日下部《くさかべ》くん〟ならゆるされる。

　そんな颯《はやて》が、今度はかわいらしい日傘《ひがさ》を使っている。

　熱中症予防《ねっちゅうしょうよぼう》にと、ぼうしや日傘《ひがさ》の利用は学校からもすすめられている。男子が日傘《ひがさ》を使うのも、べつにかまわないとは思う。

　でも、でもさぁ。

　ふんわり優雅《ゆうが》な雰囲気《ふんいき》の白い日傘《ひがさ》は、自由すぎやしないかね。

　とはいえ、もしその日傘《ひがさ》を彩葉《いろは》が持ったらと考えると、そっちのほうがナイ気がした。サッカー部所属《しょぞく》で、一年中うっすら日焼けしている彩葉《いろは》の肌《はだ》は、颯《はやて》の白い肌《はだ》とは正反対。

それに、ふりふりのリボンやフリルはいかにもガーリーで、それもまた彩《いろ》葉《は》のキャラとはちがった。日傘《ひがさ》の持ち手に、《P《ピー》×P《ピー》》のタグがついていることに気がついて納得《なっとく》。《P《プ》u《ッ》c《チ》h・i×P《ピ》e《ー》a《チ》c h》は、かわいい女の子の味方、みたいなブランドだ。彩葉《いろは》みたいなサバサバ系《けい》女子には縁遠《えんどお》い。

「彩葉《いろは》も使ってみたい？」

颯《はやて》は無邪気《むじゃき》に彩葉《いろは》に聞いてくるけど、こたえるまでもない。

「あたしは、颯《はやて》とはちがうんだから」

そのあと、彩葉《いろは》は颯《はやて》の家のネコの話を聞きながら登校した。ふたりは今はちがうクラスなので、昇降口《しょうこうぐち》のところでわかれる。

その直後、「おはよー」とクラスメイトの美乃利《みのり》に声をかけられた。

「ねぇねぇ、さっきいっしょに歩いてた白い日傘《ひがさ》って、日下部《くさかべ》くん？」

美乃利《みのり》は好奇心《こうきしん》をこれっぽっちもかくそうとしない顔で聞いてくる。こういうとき、なんでもかんでも〝日下部《くさかべ》くんだし〟でゆるされるわけじゃないんだぞ、と彩葉《いろは》は思う。こんなふうに、気になる人だってもちろんいるのだ。

「日下部《くさかべ》くんって、かわいいもの好きなのかなぁ」

小学校低学年のころまでは、颯《はやて》はこういうのが好き、みたいなのが彩葉《いろは》にもわかっていた。颯《はやて》は小学校の低学年のころまで、ネコの妖怪《ようかい》のキャラクターがとても好きで、そのキャラのグッズを集めていた。かわいいもの好きといえば、そうかもしれない。

でも、あるときから——あの不思議な民族風の柄《がら》のペンポーチを見てから、颯《はやて》の好みはまったくわからなくなった。今の颯《はやて》は、彩葉《いろは》の予想をかんたんに裏切《うらぎ》る。

「彩葉《いろは》、幼《おさな》なじみなんでしょ？　何か聞いてないの？」

そう、彩葉《いろは》は颯《はやて》の幼《おさな》なじみ。幼《おさな》なじみとしては、何も聞いていないとはこたえにくい。

「……颯《はやて》、軽い紫外線《しがいせん》アレルギーなんだよ。だから、日傘《ひがさ》を使うことにしたみたいで。あの傘《かさ》は、親が買ってきたんだって。颯《はやて》はデザインとか気にしないタイプだから、気にせず使ってるみたい」

「へー、そうなんだ」

美乃利《みのり》が納得《なっとく》し、スニーカーをぬぐのを見ながら、彩葉《いろは》は胸《むね》のうちでため息をつく。

やってしまった。

また、嘘《うそ》をついてしまった。

知らないことは知らない。そう言えばいいとわかっているのに、ついつい小さな嘘《うそ》が口から出る。知ったかぶりをしてしまう。今日のことだけじゃない。それはすっかり彩葉《いろは》のクセみたいなものになっていて、嘘《うそ》をついた直後はやってしまったという罪悪感《ざいあくかん》で気持ちがふさぐ。もう嘘《うそ》はつかないようにしようって心に誓《ちか》う。でも、そんな誓《ちか》いはすぐにやぶられてしまう。ほかでもない、彩葉《いろは》自身によって。

颯《はやて》は自分の殻《から》をやぶるように、キャラを変えて自由になった。でも、彩葉《いろは》はちがう。小さな嘘《うそ》を今日もまた積みかさねる、変わらない自分にうんざりする。

颯《はやて》と自分は、やっぱりちがう。

六月になり、颯《はやて》の日傘《ひがさ》に周囲《しゅうい》もすっかり慣《な》れ、誰《だれ》も話題にもしなくなったころだった。

学校から帰宅《きたく》したあと、近所のコンビニに行くと颯《はやて》に会った。颯《はやて》は文具コーナーの前で中腰《ちゅうごし》になり、じっと棚《たな》を見つめている。

「今日、バスケ部の練習ないの？」

彩葉《いろは》が話しかけると、颯《はやて》はパッと顔をあげ、さもホッとしたように表情《ひょうじょう》をゆるめた。颯《はやて》がふいうちに弱いのは、昔から変わらない。

「ない。サッカー部も？」

「ないよ」

この数年でぐんぐん身長がのびた颯《はやて》は、バスケ部で大活躍《だいかつやく》らしい。運動神経《しんけい》もよくて、背《せ》も高くて顔もきれいで整っていて、それでも周囲《しゅうい》の目を気にしないで白い日傘《ひがさ》を使う。よく知っているはずだった幼《おさな》なじみが、彩葉《いろは》にはもうさっぱりわからない。

彩葉《いろは》はお母さんに頼《たの》まれていたツナ缶《かん》とのどあめを選び、さっさとレジへ持っていった。お会計がすんで入口近くの棚《たな》を見ると、颯《はやて》はまだ文房具《ぶんぼうぐ》の棚《たな》を見つめている。

「買わないの？」

彩葉《いろは》の質問《しつもん》に、中腰《ちゅうごし》になっていた颯《はやて》は「うん」とこたえてまっすぐに立った。身長が百六十センチ以上ある彩葉《いろは》も女子の平均《へいきん》より高いほうだけど、颯《はやて》はそれよりもさらに十センチ以上あって、むかいあうと見あげる形になる。

「消しゴムを買いたかったんだけど、気に入ってるやつがなくて。気に入ってるやつじゃなくてもいいかどうか、じっくり考えてたんだけど、やっぱり買わないことにした。これからヤマブンに行く」

ヤマブンというのは、近くにある山崎《やまざき》文具店のことだ。

ふたりそろってコンビニを出て、自動扉《じどうとびら》を通ったところで「じゃあ」と去っていこうとする颯《はやて》を、彩葉《いろは》はとっさにひきとめた。

「ヤマブン、いっしょに行こうか？」

颯《はやて》がきょとんとしたような顔になったので、彩葉《いろは》はあわててつけくわえる。

「あそこ、なんというか、ひとりだと入りにくいじゃん？」

ついつい世話を焼くような申し出をしてしまった。低学年のころ、彩葉《いろは》はヤマブンに行く颯《はやて》によくつきそっていた。ヤマブンは品ぞろえはいいけど、なんとなく雰囲気《ふんいき》が暗いお店で、店主のおじさんもいつもむっつりしていてちょっと怖《こわ》い。

けど、自分より十センチ以上背《せ》の高い今の颯《はやて》に、彩葉《いろは》のつきそいなんて、きっといらない。

よけいなことを言ったとたちまち後悔《こうかい》しかけた彩葉《いろは》に、けど颯《はやて》は「わかる」と神妙《しんみょう》な面持《おもも》ちになった。

「ヤマブンって、時間がとまってるような感じするよね」

颯《はやて》が彩葉《いろは》のことを拒否《きょひ》しなくて、胸《むね》がほわりとホッとする。学年が変わっても、身長がのびても、颯《はやて》はまだ彩葉《いろは》のことを頼《たよ》りに思っているのかもしれない。

颯《はやて》はおもむろに例の白い日傘《ひがさ》をさした。午後四時過《す》ぎでも日は高く、夏のような強い日ざしがふりそそぐ。白い日傘《ひがさ》が作る黒い影《かげ》が、颯《はやて》と彩葉《いろは》の足もとにおちた。彩葉《いろは》は颯《はやて》とならんで歩きだす。

コンビニの駐車場《ちゅうしゃじょう》を出て、横断歩道《おうだんほどう》をわたって、住宅街《じゅうたくがい》を歩きながら彩葉《いろは》は聞いた。

「颯《はやて》はさ」

日傘《ひがさ》をくるくるとまわしていた颯《はやて》が、その目を彩葉《いろは》にむける。

「なんで、急に日傘《ひがさ》を使うようになったの？」

「べつに、急じゃないよ」

颯《はやて》は、ポツポツと話しだした。

数年前から、日焼けどめやぼうしを意識《いしき》して使っていたこと。

今年配られた学校からのお知らせに、日傘《ひがさ》のことがはじめて明記されたので使おうと決めたこと。

「そんなに前から、日焼けのこと気にしてたの？」

「日焼けはよくないでしょ。アンズちゃんも肌《はだ》によくないって言ってたし」

ふいに出てきた「アンズちゃん」に、なるほど納得《なっとく》。

アンズさんは、颯《はやて》の従姉《いとこ》だ。となりの市に住んでいて、たまに颯《はやて》の家に遊びに来るので、彩葉《いろは》も何度か会ったことがある。今は高校生で、手足が長くすらっとしていて、いつもショートヘアの彩葉《いろは》とは真逆《まぎゃく》の、長い黒髪《くろかみ》がよく似合《にあ》うとんでもない美人。昔は身体《からだ》が弱かったって聞いたけど、今はすっかり元気で、最近では読者モデルをやっているらしい。

「アンズさんは、モデルだけどさ。男子小学生の颯《はやて》が、そこまで日焼けを気にする必要ある？」

「あるよ。おれ、肌白《はだ》いし」

「うわ、男子なのに、美白とか気にするんだ？」

「そういうの、男子差別だし。それに、日焼けって身体《からだ》にもよくないんだよ。

病気のもとになることも……」

颯《はやて》が日焼けにまつわるうんちくを語りだし、彩葉《いろは》は「はいはい」と聞きながす。彩葉《いろは》がまじめに聞かないからか、颯《はやて》は話題を変えた。最近学校に貼《は》ってある、児童会作成のポスター。それに描《か》かれている日傘《ひがさ》は、颯《はやて》の白い日傘《ひがさ》がモデルだとかなんとか。

そうしているうちに、コンビニから五分もかからずヤマブンに到着《とうちゃく》した。今日も今日とてヤマブンの店内は照明が暗く、強い日ざしでまぶしいくらいの外の世界とは対照的だった。

音を立ててひらく自動扉《じどうとびら》をくぐると冷房《れいぼう》がとてもきいていて、肌《はだ》の表面がたちまち冷え、自分が汗《あせ》をかいていることに気がついた。日焼けどめも何もぬっていない手足もほてっている。一方で、日傘《ひがさ》をていねいにたたんでいる颯《はやて》は、なんとも涼《すず》しげな顔をしていた。

額《ひたい》の汗《あせ》をハンカチタオルでおさえながら、彩葉《いろは》は視界《しかい》のすみで揺《ゆ》れる、日《ひ》傘《がさ》の《P《ピー》×P《ピー》》のタグを見た。

——ジリリリリリリ……。

四時間目の算数の授業中《じゅぎょうちゅう》に、非常《ひじょう》ベルが鳴りひびいた。

少しして、今度は校内放送が流れる。

『訓練。火災《かさい》が発生しました。火もとは給食室です。児童のみなさんは、先

生の指示《しじ》にしたがって避難《ひなん》してください。「お・か・し・も」を守りましょう』

彩葉《いろは》は、教室の時計のそばに貼《は》ってある『お・か・し・も』の紙を見た。『おさない・かけない・しゃべらない・もどらない』という避難時《ひなんじ》のキーワードが書かれている。そういえば、お母さんが、昔は『おかし』だけだったと話していた。

もうすぐ七月になろうというその日、避難《ひなん》訓練が行われた。昨日の帰りの会で予告《よこく》があったので、いつはじまるんだろうと、教室の空気は朝からなんとなくそわそわしていた。

先生に指示《しじ》されるまま、防災《ぼうさい》ずきんをかぶって出席番号順に廊下《ろうか》に整列。上の階の児童《じどう》から順番に非常階段《ひじょうかいだん》でおりていき、グラウンドに避難《ひなん》する。

ふだんはおしりの下でぺたんこになっている防災《ぼうさい》ずきんをひろげてかぶる

と、すぐに頭のまわりがむわっとして暑くなった。もうすぐ正午、窓《まど》の外に目をやると、梅雨《つゆ》とはいえ、すかっとした青空がひろがっていて、いかにも日ざしが強そうだ。グラウンドにぞろぞろとむかう生徒の波が、さらに気温をあげていく。

「ねぇねぇ、彩葉《いろは》」

校舎《こうしゃ》を出るころには避難《ひなん》訓練の緊張感《きんちょうかん》もうすらいでいて、そばにいたクラスの女子がひそひそと話しかけてきた。

「この天気で、日下部《くさかべ》くん、大丈夫《だいじょうぶ》なのかな」

「え？」

「日下部《くさかべ》くんって、じつは大変な皮膚《ひふ》の病気なんでしょ」

「ええ⁉」

そんなの、聞いたことないし。

どういうことだと思っていたら、そばにいた美乃利《みのり》も話にくわわった。

「病気っていうか、アレルギーだよ」

「アレルギーも病気じゃん」

話が見えずにいたけど、アレルギーという単語で気がついた。

先月、颯《はやて》の日傘《ひがさ》のことを聞かれて、紫外線《しがいせん》アレルギーなのだと美乃利《みのり》に嘘《うそ》をついたんだった。

もしかして、その話がひろまってる……？

どうしよう。かんちがいだったたって、訂正《ていせい》したほうがいい。でも……。

「──あ、日下部《くさかべ》くん」

まさかの本人、颯《はやて》がななめうしろにいた。周囲《しゅうい》より頭ふたつ分くらい背《せ》の高い颯《はやて》がまっ赤な防災《ぼうさい》ずきんをかぶっていると、何かの目印みたいにとっても目立つ。美乃利《みのり》はそれにパタパタと手をふった。

「こんなに天気がいいのに、アレルギーは大丈夫《だいじょうぶ》なの？」

とめる間もなかった。質問《しつもん》された当の颯《はやて》は、目をパチパチとしている。

美乃利《みのり》は言葉をつづけた。

「日下部《くさかべ》くんは紫外線《しがいせん》アレルギーだから日傘《ひがさ》を使ってるって、彩葉《いろは》が」

颯《はやて》が彩葉《いろは》にチラリと目をむける。

嘘《うそ》がバレた、とまず思った。

しょうもない嘘《うそ》をついていたことを、颯《はやて》に知られてしまった。

暑さのせいだかなんだかわからない汗《あせ》が、額《ひたい》からたらたらと流れて首すじを伝っていく。颯《はやて》は、そんな彩葉《いろは》から美乃利《みのり》のほうに視線《しせん》を移《うつ》してこたえた。

「日焼けって病気みたいなものだよねって話したから、彩葉《いろは》にかんちがいさせちゃったのかも。病気じゃないから、大丈夫《だいじょうぶ》だよ」

「そーなんだ。よかったー」

「日傘《ひがさ》がないのに平気なのかなって、心配してたんだよ」

女子たちとニコニコと話す颯《はやて》を、彩葉《いろは》はだまって見つめる。颯《はやて》にフォローされたのだと気がついたのは、グラウンドについて整列したときだった。

避難《ひなん》訓練が終了《しゅうりょう》し、何分で避難《ひなん》できたか、どういう点がよかったか、悪かったか、などを教頭先生が話した。午後には消防士《しょうぼうし》さんが来て、体育館で防《ぼう》災《さい》学習が行われるらしい。

解散《かいさん》になって、みんなバラバラと昇降口《しょうこうぐち》にむかう。防災《ぼうさい》ずきんをはずすとすっかり蒸《む》れていて、前髪《まえがみ》がぺったりと額《ひたい》にはりついていた。

「彩葉《いろは》」

背後《はいご》から声をかけられ、誰《だれ》かが――颯《はやて》がとなりにならぶ。颯《はやて》は防災《ぼうさい》ずきんをかぶったままだ。

「ぬがないの？　暑くない？」

「暑いけど、日よけにはなるから」

であれば、彩葉《いろは》に言えることはない。

じわじわと体温があがっていく感じがするのは、暑さだけが原因《げんいん》じゃなかった。

無性《むしょう》に恥《は》ずかしい。

颯《はやて》のことをフォローするのは、彩葉《いろは》の役目だと考えていた。そういうふうにしなきゃダメだって、昔からずっと思ってた。

そうじゃないと、対等じゃないから。

颯《はやて》は、幼稚園《ようちえん》時代はかわいくて、よく女の子にまちがわれていた。今は今で、背《せ》が高くなってカッコよくなって、ファンの女の子も少なくない。

そんな颯《はやて》の幼《おさな》なじみなのに、彩葉《いろは》はちがった。

かわいくないし、美人でもない。

だから、彩葉《いろは》は颯《はやて》をフォローする。颯《はやて》の保護者《ほごしゃ》でいれば、何かのバランスがとれる気がした。颯《はやて》とならんでいても、おかしくない。そういう自分でいたかった。

でも、そんなバランスがとっくにくずれてなくなっていることを、彩葉《いろは》だって本当はわかっている。

彩葉《いろは》の嘘《うそ》をフォローまでしてくれている颯《はやて》に、彩葉《いろは》の助けはもういらない。人は変わる。ただそれだけのことを、彩葉《いろは》はずっと、なんとなく認《みと》めたくなかった自分に気がついてしまう。

「……彩葉《いろは》はさ」

汗《あせ》をぬぐうフリをして顔にハンカチタオルをあてていた彩葉《いろは》に、颯《はやて》は聞いてくる。

「日焼け、気にしないタイプ？」

彩葉《いろは》はハンカチタオルから目もとを出し、自分のうでを見た。サッカー部で外にいることも多いし、彩葉《いろは》の肌《はだ》は一年中うっすら小麦色だ。

「……どうせ、色白じゃないし。颯《はやて》とはちがうし」

「彩葉《いろは》は、すぐ『ちがう』とか言うけどさ。ちがう人間なんだから、ちがうに決まってるじゃん」

そして、颯《はやて》はかぶった防災《ぼうさい》ずきんを頭から少し浮《う》かせた。颯《はやて》もすっかり額《ひたい》に汗《あせ》をかいている。

「日焼けって、体力低下にもつながるから、スポーツやるなら予防《よぼう》したほうがいいんだって。彩葉《いろは》はサッカーうまいんだし、やっぱり、日焼けは予防《よぼう》したほうがいいよ」

彩葉《いろは》が複雑《ふくざつ》な気持ちでいるというのに、颯《はやて》はあいかわらず日焼けの話しかしない。

なんか、なんか、なんだかなぁ。

やっぱり、自分とはちがう。

でも、こういうのが〝日下部《くさかべ》くん〟で、今の颯《はやて》。

昇降口《しょうこうぐち》に到着《とうちゃく》すると、颯《はやて》は「じゃーね」と小さく手をふって去っていった。

直射日光《ちょくしゃにっこう》を浴びていた全身は、汗《あせ》でべったりしていて熱いまま。

お母さんが買ってきて、まだパッケージをあけてもいない日焼けどめが家にあるのを思い出す。たまには使ってみようかなと考えつつ、彩葉《いろは》は上ばきについた土ぼこりをはらった。

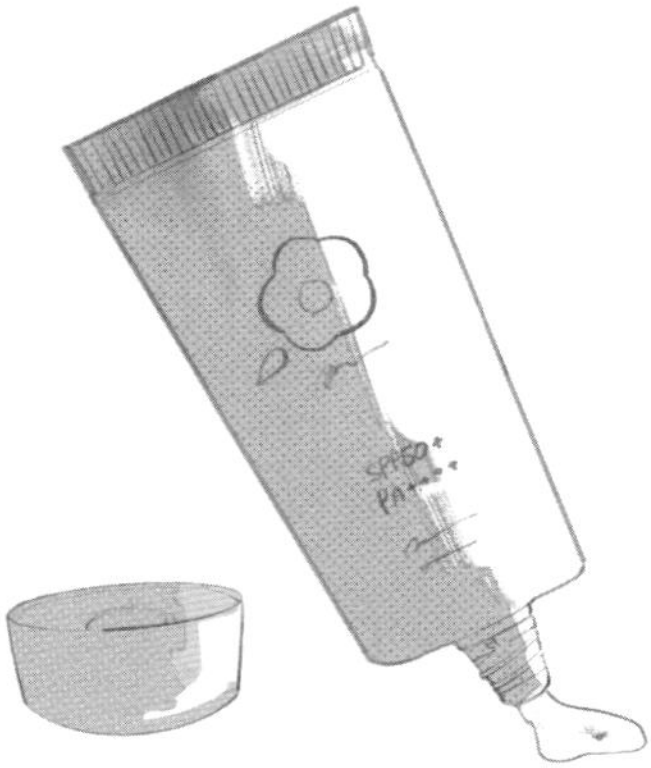
SPF50+

5.

奏太《かなた》と日傘《ひがさ》

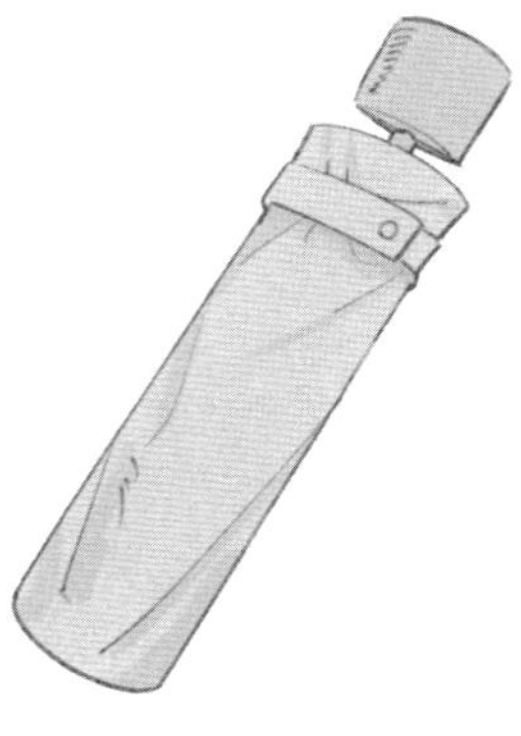

小館奏太《こだてかなた》にはヒミツがある。

となりのクラスの日下部《くさかべ》くんと、日傘《ひがさ》を交換《こうかん》したこと。

＊＊＊

それは、五月のゴールデンウィークが明けてすぐのことだった。

もふもふのコートを手放せなかった冬がおわり、むかえた春はでもすごく短くて、五月になると汗《あせ》ばむような晴天がつづいている。

こんな日こそ、あれを使うべきだと奏太《かなた》にはわかっていた。

あれ、すなわち日傘《ひがさ》。

熱中症対策《ねっちゅうしょうたいさく》にぼうしや日傘《ひがさ》を使いましょうと、学校からのお知らせに書いてあった。それを見たお母さんが買いに行くことを奏太《かなた》に提案《ていあん》し、ゴールデンウィークにデパートで買ったものだ。

日傘《ひがさ》の種類は豊富《ほうふ》だった。色もさまざま。雨傘《あまがさ》とくらべて日傘《ひがさ》にはこまかな装飾《そうしょく》がついているものも多く、奏太《かなた》の目はとてもひきつけられた。

そうして選んだのが、あの白い日傘《ひがさ》だった。

きれいなレースとリボンがついていて、こまかな刺繍《ししゅう》がたくさんの日傘《ひがさ》。

傘《かさ》をひろげると、周囲《しゅうい》の空気が変わったような気がした。

この傘《かさ》を知ってる、と奏太《かなた》は思った。

昔大好きだった絵本のなかに、そっくりな傘《かさ》が出てきたのだ。

ポンッとひろげてくるくるまわすと願いごとがかなう、魔法《まほう》の傘《かさ》。

主人公は拾った傘《かさ》をくるくるまわし、いろんな人の願いごとをかなえていく。

最後は傘《かさ》がこわれてしまうんだけど、願いごとをかなえてもらった人たちが、新しい傘《かさ》を主人公にプレゼントしてくれる。そうして、友だちがほしいと願っていた主人公の願いは、魔法《まほう》の傘《かさ》を使わずにかなえられる。

そんな傘《かさ》に、今手のなかにある傘《かさ》はそっくりだった。

いいなぁって、奏太《かなた》はしみじみ、かみしめるように思った。

おまけに、その日傘《ひがさ》のブランドは《P《プ》u《ッ》c《チ》c h i×P《ピ》e《ー》a《チ》c h》で、奏太《かなた》のテンションはさらにあがった。最近よく配信動画を観《み》ているモデルさんが《P《ピー》×P《ピー》》好きで、前から気になっているブランドだったのだ。

そのモデルさんは小学生のころに病気がちで、やりたくてもできなかったことが多かったからこそ、『自分に正直に』を信条《しんじょう》にしているのだそう。挑《ちょう》戦《せん》しないであきらめるなんてもったいない、そう思ってモデルのオーディションも受けたのだとか。

対する奏太《かなた》はというと、昔からかわいいものが好きで、でもそういうものを大っぴらにはしにくい空気が周囲《しゅうい》にはあって、あまり正直でいられないことが多かった。

でも、そのときだけは、自分に正直になって思った。

この日傘《ひがさ》がほしい、と。

そんな奏太《かなた》の気持ちに気づいたのか、お母さんも「いい日傘《ひがさ》だね」とすごく褒《ほ》めてくれた。奏太《かなた》の気持ちはそこで固まった。

そうして買ってもらった傘《かさ》なのに。

絵本の世界にはまず出てこないであろう、黒いランドセルを背負《せお》って家を出た瞬間《しゅんかん》、すんっと気持ちが冷めた。

絵本の主人公は、そういえば女の子だった。

《P《ピー》×P《ピー》》が好きなモデルさんも、女の人。

でも、奏太《かなた》は男子なわけで。

かぁっと恥《は》ずかしくなってくる。

この日傘《ひがさ》は女子むけなんじゃないかって、今さらながら気がついたのだ。好きなものは好きと言っていい。男子とか女子とか関係ない。そんなふうに学校で教わったこともある。

でも、世の中のいろんなモノは、結局のところ、男子むけと女子むけにわかれている。

それが世界のこたえなんじゃないのか。

夢《ゆめ》からさめるって、こういう気持ちのことをいうんだって思った。

それでも、せっかく買ってもらった日傘《ひがさ》。あまり安いものでないことも、奏太《かなた》は知っていた。家にしまっておくのは、あまりに申しわけない。

奏太《かなた》は閉《と》じたままの日傘《ひがさ》を手に、通学路を少しそれ、近所の児童公園に入った。朝の公園は人がいなくてガランとしていて、ここならよさそうに思えた。

灯台みたいな形で、窓《まど》のある展望台《てんぼうだい》がついた、すべり台の遊具。屋根もあるし、ここならどうだろうかと見ていたときだった。

「おはよう。何してるの？」

ふいに背後《はいご》から声をかけられ、奏太《かなた》はギクリとしてふりかえった。

となりのクラスの、日下部《くさかべ》くんが立っていた。

奏太《かなた》より二十センチくらい背《せ》の高い日下部《くさかべ》くんは、灰色《はいいろ》の日傘《ひがさ》をさし、奏《かな》太《た》を見おろしていた。丸いその目が、パチパチと不思議そうにまたたかれる。

「ぼく……」

どう説明したらよいのかさっぱりわからず、ただただ日下部《くさかべ》くんを見かえした。一方の日下部《くさかべ》くんは、奏太《かなた》が持っているものに気がつく。

「それ……」

とっさに、奏太《かなた》はそれを背中《せなか》のうしろにかくした。

日下部《くさかべ》くんの日傘《ひがさ》は明るい灰色《はいいろ》で、飾《かざ》りけなんてこれっぽっちもないシンプルなもの。男子が持つには、〝いかにも〟な感じがすごくした。

こんなかわいらしい日傘《ひがさ》を見たら、おかしく思われる。

けど、日下部《くさかべ》くんは奏太《かなた》の背後《はいご》にさっとまわりこんでしまう。

「やっぱり日傘《ひがさ》だ！」

見られた。笑われるかも。そんな不安で奏太《かなた》はかぁっと顔を赤くした、けど。

「すごい、おしゃれ！」

日下部《くさかべ》くんの反応《はんのう》は、思っていたものとかなりちがった。

「白くてきれいだね！　ひろげたところ、見てみたい！」

日下部《くさかべ》くんとは、前に委員会の仕事でいっしょになって少しだけ話したこ

とがあったけど、これまで同じクラスになったことはない。なので、日下部《くさかべ》くんがどんな人なのか、奏太《かなた》はよくわからなかった。

バカにされたりしないかと内心ドキドキしながらも、ポンッと傘《かさ》をひらいてみせる。

あぁ、やっぱり、すごくかわいい。

「わぁ、魔法《まほう》でも使えそう！　すごい！　いい日傘《ひがさ》だね！」

バカにするどころか日下部《くさかべ》くんがそんなふうに言ってくれ、奏太《かなた》の鼻の奥《おく》は思いがけずツンとしてしまう。

奏太《かなた》も、同じように思っていたのに。

すごくすてきだと思っていたのに。

「いい日傘《ひがさ》だって、ぼくも思ってたんだけど……」

せっかく買ってもらったから、家にはおいておけなかったこと。

でも学校にさしていくのは気がひけて、この公園にかくしておこうと思ったこと。

そんなことをポツポツと話すと、日下部《くさかべ》くんは真剣《しんけん》な顔で聞いてくれた。

「でも、公園になんかおいていったら、よごれたり、誰《だれ》かにとられちゃったりするかもしれないよ」

あたり前のことを指摘《してき》され、奏太《かなた》はしょんぼりと肩《かた》をおとす。

「やっぱり、家においてくるしかないかな。ぼくも、日下部《くさかべ》くんみたいなシンプルな日傘《ひがさ》にすればよかった」

すると。

日下部《くさかべ》くんが、自分の灰色《はいいろ》の日傘《ひがさ》を奏太《かなた》にさしだした。

「日傘《ひがさ》の交換《こうかん》しない？　おれ、その日傘《ひがさ》、使ってみたい」

それ以来、奏太《かなた》は日下部《くさかべ》くんの灰色《はいいろ》の日傘《ひがさ》を、日下部《くさかべ》くんは奏太《かなた》の白い日《ひ》傘《がさ》を使っている。

＊＊＊

日下部《くさかべ》くんは、なんにも気にしていないような顔で、奏太《かなた》の白い日傘《ひがさ》を堂々《どうどう》と学校にさしていった。

そんな様子に奏太《かなた》は内心ハラハラしたけど、みんなの反応《はんのう》は「まぁ、日下《くさか》部《べ》くんだし」って感じだった。日下部《くさかべ》くんなら、日傘《ひがさ》の一本や二本でみんなにあれこれ言われたりしないのだと、奏太《かなた》はおくれて気がついた。

日下部《くさかべ》くんと同じ委員会になった、小四のときのことを思い出す。べつのクラスだったし、日下部《くさかべ》くんと奏太《かなた》には接点《せってん》がなかった。

なのに、日下部《くさかべ》くんは仲のいい友だちみたいに奏太《かなた》に話しかけてきて、奏《かな》太《た》が使っていた定規《じょうぎ》を指さした。

『それ、すっごくきれいだね！』

奏太《かなた》は、光にあてるとキラキラ虹色《にじいろ》に光る定規《じょうぎ》を使っていた。とてもきれいでお気に入りで、でもなんとなく友だちに自慢《じまん》はできずにいた。かわいいとかきれいとか、そういうことで男子はあまりはしゃがない。でも、日下部《くさかべ》くんはちがうらしい。

奏太《かなた》は、日下部《くさかべ》くんに定規《じょうぎ》をわたした。日下部《くさかべ》くんは窓《まど》のほうに定規《じょうぎ》をかざし、たくさんキラキラさせて目をかがやかせる。

『ありがとう』

奏太《かなた》がおずおずと礼を伝えると、日下部《くさかべ》くんは笑った。

『見せてもらったの、おれなのに。お礼言うなんて変なの』

そして、日下部《くさかべ》くんは『こっちこそ、ありがと！』と言い、奏太《かなた》に定規《じょうぎ》をかえしたのだった。

そんな自由な日下部《くさかべ》くんのことなので、かわいい日傘《ひがさ》はみんなの注目を集めたような、そうでないような感じで、六月になったころには誰《だれ》も気にしなくなっていた。日下部《くさかべ》くん効果《こうか》もあってか、最近では日傘《ひがさ》をさす児童も増《ふ》えていて、一組の一真《かずま》くんや間坂《まさか》さんも使っているのを見かけた。

また、校舎内《こうしゃない》には、熱中症《ねっちゅうしょう》に気をつけようというポスターもあちこちに貼《は》ってあった。そのうちの一枚《まい》は、幼稚園《ようちえん》のころから仲のいい秀哉《しゅうや》が描《か》いたものの。

絵をうまく描《か》けないと相談されたとき、秀哉《しゅうや》が描《か》きたい日傘《ひがさ》のイメージがあの白い日傘《ひがさ》だったのでおどろいた。あのときは、日傘《ひがさ》を交換《こうかん》したことがバレたんじゃないかと不安になって、逃《に》げるように帰ってしまい、ちょっと悪いことをした。

でも、完成したポスターを見て、しみじみ思った。

あの日傘《ひがさ》、やっぱりかわいいよねって。

日下部《くさかべ》くんと日傘《ひがさ》を交換《こうかん》したまま、七月に突入《とつにゅう》した。

その日の放課後は美化委員会の会議があって、同じクラスの高野原《たかのはら》さんといっしょに出席した。高野原《たかのはら》さんはサッカー部に入っていて、すらっと背《せ》が高いショートヘア、カッコいい雰囲気《ふんいき》の女子だ。

そんな高野原《たかのはら》さんが使っているペンポーチを見て、奏太《かなた》は小さく「あ」と声をもらした。

白い日傘《ひがさ》と同じ、《P《ピー》×P《ピー》》のタグがついている。《P《ピー》×P《ピー》》には、ステーショナリーのラインナップも多いのだ。

横目でそっとペンポーチを観察する。ピンクが基調《きちょう》で、白いドット柄《がら》のフリルがついている。むちゃくちゃかわいい……！

ふと思い出した。これ、ファストフード店のE《イー》バーガーの、キッズセットのおまけだったやつだ。

少し前に、E《イー》バーガーと《P《ピー》×P《ピー》》がコラボをしていた。おまけとして必ずもらえるペンポーチに、ボールペンやメモ帳などの文房具《ぶんぼうぐ》がついてくるというものだ。

テレビのCM《シーエム》で見て、いいなぁと思っていた。奏太《かなた》の推《お》しのモデルさんももちろん動画で紹介《しょうかい》していて、おまけをコンプリートしていた。ポーチもステーショナリーも、どれもすごくかわいかった。でも、男子むけじゃなさそうだし、なんて考えているあいだに、Ｅ《イー》バーガーに行きたいと親にも言えず、コラボはおわってしまったのだけど。

委員会の会議は三十分ほどで終了《しゅうりょう》し、高野原《たかのはら》さんはエンピツをペンポーチにしまう。会議のあいだずっと気になっていたそれについて、奏太《かなた》はとうとう聞いた。

「それ、キッズセットのおまけだったやつだよね？」

突然《とつぜん》話しかけてきた奏太《かなた》に、高野原《たかのはら》さんはびっくりしたように目を丸くした。それから、すぐにあわてたようにこたえる。

「こんなの、全然あたしのキャラじゃないんだけどね！」

そして、つけくわえる。ペンポーチは、親の知りあいからもらったものらしい。

奏太《かなた》はきょとんとしてしまう。高野原《たかのはら》さんが、こんな反応《はんのう》をするとは思っていなかったのだ。

「前に使ってたペンポーチがこわれちゃってさ。仕方なくっていうか……」

「気に入ってないの？　その――」

かわいいのに、とは言いにくくて、奏太《かなた》は少し言葉に迷《まよ》う。

「いいと思った、けど」

荷物をまとめて、高野原《たかのはら》さんといっしょに会議をしていた教室を出た。今日はほかの委員会でも会議が行われているので、廊下《ろうか》にはちらほらと児童の姿《すがた》がある。高野原《たかのはら》さんは奏太《かなた》より十センチくらい背《せ》が高く、ならぶと見あげるような感じになった。高野原《たかのはら》さんは、左手に持ったペンポーチに目をやる。

「こういうの、颯《はやて》――日下部《くさかべ》くんなら、違和感《いわかん》ないんだけどね。日下部《くさかべ》くんが持ってる白い日傘《ひがさ》、知らない？　あれとこのペンポーチ、同じブランドなんだ」

そのことをよくよく知っていた奏太《かなた》は、コクコクうなずいた。

「日下部《くさかべ》くんは、なんでも似合《にあ》うよね」

「そうそう。ずるいよねー」

少し前に、『あたしのキャラじゃない』と言っていた高野原《たかのはら》さんのことを思い出す。

自分は男子だから、こういうのは似合《にあ》わないと思っていた。

でも、日下部《くさかべ》くんは男子だ。

そして、高野原《たかのはら》さんは女子なのに、自分には似合《にあ》わないと思ってる。

そういうのって、なんだかなぁ。

「……好きなものなら、誰《だれ》が持っててもいいのに」

自然とそんなことを口にしていた。

高野原《たかのはら》さんは、目を大きくまたたいて、それからはにかむように笑う。

「まぁ、そのとおりだよね」

うなずく。

「日下部《くさかべ》くんじゃなくたって、自由にしてもいいんだよね」

六年二組の教室が、廊下《ろうか》の先に見えてきた。

高野原《たかのはら》さんは、ふと思いついたように、持っていたペンケースを奏太《かなた》におしつけた。そして、大またで一歩さがると、奏太《かなた》を観察するように見る。

「あの……」

「日下部《くさかべ》くんだけじゃないのかもね」

何が、と問う前に高野原《たかのはら》さんは言った。

「小館《こだて》くんが使ってても、悪くなさそう」

つぎの日の朝。

あの公園の前で、いつかのように日下部《くさかべ》くんに会った。

日下部《くさかべ》くんは、今日も奏太《かなた》の白い日傘《ひがさ》を使ってくれている。そして奏太《かなた》は、日下部《くさかべ》くんの灰色《はいいろ》の日傘《ひがさ》を使っていた。

「おはよう。おれの日傘《ひがさ》、どう？」

日下部《くさかべ》くんのあいさつに、奏太《かなた》はかえす。

「おはよう。日傘《ひがさ》は、今日もいい感じです」

なんとなく、むきあったまま立ちどまる。今朝も日ざしが強く、暑かった。

奏太《かなた》は、蒸《む》した初夏の空気を鼻から思いっきり吸《す》いこむ。

高野原《たかのはら》さんと話した翌朝《よくあさ》に日下部《くさかべ》くんに会ったことに、なんだか運命のようなものを感じてしまう。

「――日下部《くさかべ》くん」

「うん」

気温といっしょに、じりじりと緊張《きんちょう》が高まっていく。

熱い息を静かにはきだす。

奏太《かなた》は顔をあげた。

多分、きっと。

もう大丈夫《だいじょうぶ》。

「日傘《ひがさ》の交換《こうかん》、おしまいにしてもいいかな」

「いいよ」

日下部《くさかべ》くんの返事はあまりにあっさり早くて、奏太《かなた》は拍子抜《ひょうしぬ》けしてしまう。

「いいの？　本当に？」

「いいも何も、これ、小館《こだて》くんの日傘《ひがさ》だし」

「でも、気に入ってたんじゃ……」

「気に入ってたよ。だから、本当の持ち主の小館《こだて》くんが使ったほうがいいと思う」

はい、と日傘《ひがさ》を前に出され、奏太《かなた》も同じようにした。

日傘《ひがさ》が交換《こうかん》され、地面では黒い影《かげ》が交差する。

丸い持ち手に、ふわりとしたフリル。

ひさしぶりの白い傘《かさ》は、やっぱりかわいかった。持ち手の《P《ピー》×P《ピー》》の夕グすらなんだか愛《いと》おしい。日下部《くさかべ》くんは大事に使ってくれていたようで、目につくようなよごれやキズなどはまったくない。

「……ありがとう」

奏太《かなた》が伝えると、日下部《くさかべ》くんは「こちらこそ」と笑った。

日下部《くさかべ》くんがかわいらしい日傘《ひがさ》をためらうことなく使っているのを見て、奏太《かなた》はすごいなと思っていた。


すごくて、うらやましくて、どうしようもなくねたましかった。

本当は、自分の日傘《ひがさ》なのにって。

秀哉《しゅうや》が『日下部《くさかべ》くんの日傘《ひがさ》だよ』と奏太《かなた》の日傘《ひがさ》を紹介《しょうかい》したときも悔《くや》しかった。


これは、奏太《かなた》の日傘《ひがさ》だ。

似合《にあ》うかはわからない。変かもしれない。

それでも、奏太《かなた》がほしいと思った、魔法《まほう》の日傘《ひがさ》。

それぞれの日傘《ひがさ》をさして、日下部《くさかべ》くんと奏太《かなた》は歩きだす。

「おれの従姉《いとこ》、高校生なんだけど」

おもむろに、日下部《くさかべ》くんが話しだした。

「きれいな人で、モデルやってるんだ」

「モデルって、雑誌《ざっし》とかに載《の》ってる？」

「そう！　すごくカッコいいんだ。でも、小学生のころは病気がちで、ひっこみ思案《じあん》な性格《せいかく》だったんだって」

「へー」

「でもあるとき、こんなんじゃダメだ！　って一念発起《いちねんほっき》して、親に反対されたりもしたんだけど、オーディション受けたんだって。それで、今はモデルやってる。すごい」

日下部《くさかべ》くんもすごい人だけど、その日下部《くさかべ》くんがこんなに「すごい」と言うのだから、本当にすごいんだろう。

「その従姉《いとこ》が言ってたんだ。『自分に正直になったら、毎日が楽しくなった』

って」

日下部《くさかべ》くんが、灰色《はいいろ》の日傘《ひがさ》をくるりとまわす。

「なんかそれ、いーなって思って、真似《まね》してるんだ」

日下部《くさかべ》くんの〝自由〟の理由。

自分に正直に。

でもそれ、言うほどかんたんでも、単純《たんじゅん》なことでもない。

他人の目は気になるし。

自分はこうだからって、つい思いたくなる。

それでも、勇気を出してそういうふうにできるっていうのにはあこがれた。

奏太《かなた》にも、少しはできたらいいなと思う。

「だから、小館《こだて》くんの日傘《ひがさ》を使いたいなって思ったのも、自分に正直でいただけだから。気にしたりとか、しなくていいから」

急に従姉《いとこ》の話をしだしたのは、こういうことを言いたかったからなんだろうか。

自由だけど、それだけじゃない。

そういう日下部《くさかべ》くんだからこそ、みんなも認《みと》める。

〝日下部《くさかべ》くんだし〟でよしとできる。

日下部《くさかべ》くんの従姉《いとこ》もすごいけど、日下部《くさかべ》くん本人だって、やっぱり十分すごい。

日傘《ひがさ》を交換《こうかん》したのが、そんな日下部《くさかべ》くんでよかった。

——それにしても。

自分に正直に、なんて、奏太《かなた》が配信動画をよく観《み》ている、モデルのアンズさんみたいな言葉だ。日下部《くさかべ》くんの従姉《いとこ》は、もしかしたらアンズさんの友だちだったりするんだろうか。

「よかったら、教えてもらいたいんだけど。モデルをやってる従姉《いとこ》の名前って何？」

「知りたい？」

もったいぶる日下部《くさかべ》くんに、奏太《かなた》は「知りたい！」とこたえる。

日下部《くさかべ》くんはひと呼吸《こきゅう》おいたあと、教えてくれた。

「アンズちゃん」

ひとつ角を曲がったところで、大通りに出た。

「奏太《かなた》！」と呼《よ》ぶ声がして、ふりかえるとぼうしをかぶった秀哉《しゅうや》が手をふっていた。日下部《くさかべ》くんもまた、べつの友だちに呼《よ》ばれている。

「じゃ、小館《こだて》くん、またね」

奏太《かなた》は、さっそうと去っていく日下部《くさかべ》くんを見送った。

まだ胸《むね》がドキドキと鳴っている。

目をあげると、白い日傘《ひがさ》越《ご》しに、パキッと青い真夏の空がひろがっていた。

《参考文献》

『アンブレラ―傘の文化史―』、T・S・クローフォード著、
別宮貞徳・中尾 ゆかり・殿村直子訳、八坂書房、2002

『東京都教育委員会：避難訓練の手引き』
《https://www.kyoiku.metro.tokyo.lg. jp/school/document/safety/evacuation_drill_handbook.html》

神戸《こうべ》遥真《はるま》

千葉県出身、東京都在住。

「ぼくのまつり縫い」シリーズ、「カーテンコールはきみと」シリーズ（共に偕成社）、

『みおちゃんも猫 好きだよね？』（金の星社）、

『若松一中グリークラブ』（岩崎書店）など著書多数。

『恋とポテトと夏休み』などの「恋ポテ」シリーズで第45回日本児童文芸家協会賞、

『笹森くんのスカート』（共に講談社）で令和5年度児童福祉文化賞受賞。

また、千葉市芸術文化新人賞奨励賞受賞。

ぽん豆《まめ》。

愛知県在住。

2021年からSNS等で活躍。

色彩と表情豊かなイラストで注目を集める。

中性的な男女やケモ耳を描く事が得意。

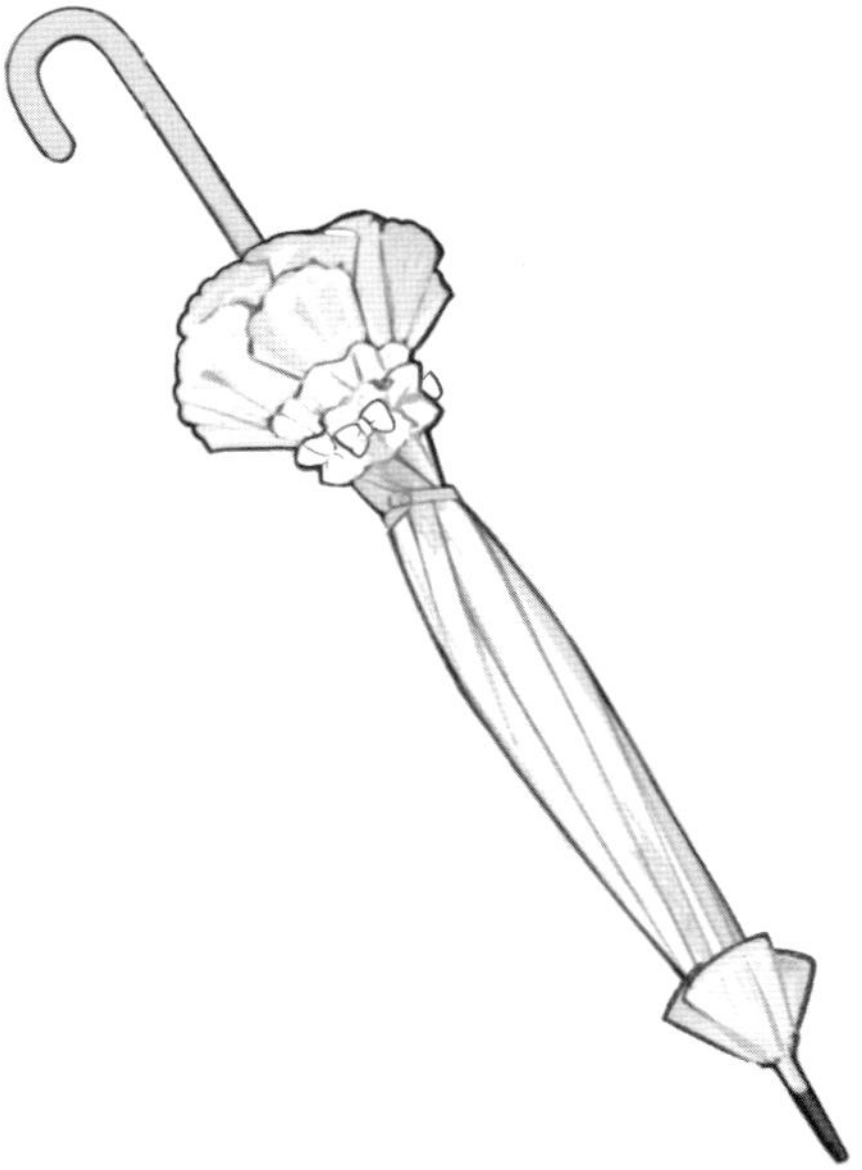

校正　有限会社シーモア
装丁　菅谷悦子＋川谷康久（川谷デザイン）

読書の時間・23

日下部《くさかべ》くんには日《ひ》傘《がさ》が似《に》合《あ》う

2025年4月25日　初版発行

作　神戸遥真
絵　ぽん豆。
発行者　岡本光晴
発行所　株式会社あかね書房
〒101-0065
東京都千代田区西神田3-2-1
電話　営業（03）3263-0641
編集（03）3263-0644
印刷　錦明印刷株式会社
製本　株式会社難波製本
NDC913　155ページ　21cm×16cm

ISBN978-4-251-04493-8
乱丁・落丁本はお取りかえします。定価はカバーに表示してあります。
https://www.akaneshobo.co.jp